AF488869

LS6

LS6

Mario Crespo

ISBN: 978-84-122514-1-8

A Mirian

*El precio de las cosas debería depender de su mérito,
jamás de su epíteto*

William Shakespeare

Prólogo

La velocidad del mundo contemporáneo
[Sobre *LS6*, de Mario Crespo]
José Ángel Barrueco

La mayoría de los lectores suele saltarse los prólogos (o eso pregonan algunos en las redes) y prefieren ir al grano, a veces porque no necesitan anticipos del libro en el que se disponen a sumergirse y otras porque huyen de cualquier «voz» que pueda explicar conceptos que prefieren descubrir por sí mismos o porque quieren evitar que pueda sugestionarles. Para aquellos que detesten los introitos, les avanzo que este servirá para poner en antecedentes el primer y fascinante libro de Mario Crespo y para arrojarle algunas flores de las que me parece merecedor.

Ópera prima:
En un mundo perfecto un debut tan fresco, tan a contracorriente en el panorama de las letras españolas, tendría que haber resonado con ese estruendo mediático propio de las óperas primas que se salen de lo habitual. Pero su autor tuvo los vientos en contra: le faltaban padrinos de peso, era casi un recién llegado a la literatura, su cara no se veía en los festejos literarios ni en los recitales poéticos, no arrastraba polémicas en las redes sociales, y la editorial que le acogió era una de esas firmas pequeñas, luchadoras e independien-

tes que no suelen obtener el espaldarazo de los suplementos culturales.

Es por eso que la novela, en España, logró poca trascendencia aunque unos cuantos lectores y/o escritores supieron ver sus cualidades, y aquí me remito, por ejemplo, a la notable reseña que Daniel Ruiz García escribió para el blog Estado Crítico, y de la que anoto una muestra:

> *Es un libro que plantea preguntas y dudas sobre cuestiones que están en nuestra realidad, con las que nos toca convivir —inmigración, crisis económica, violencia—, y que Crespo aborda con una frescura pasmosa.*

Reconozco que a mí, no solo como amigo sino también como lector de una obra diferente, me dolió esa especie de repudio del libro y de expulsión hacia los márgenes. Como si publicar en una editorial poco conocida o ser un escritor sin esa telaraña de amistades que auspician a muchos a un Olimpo inmerecido fuese la llave social para darle la espalda a la novela.

Pero lo que importa, al fin y al cabo, es la obra y cómo nos habla desde sus páginas. *LS6* funciona como un caleidoscopio de voces, de personajes y de historias que suceden en Leeds, en su entramado de distritos azotados por la crueldad de los nuevos tiempos en los que el capital se come a sus hijos, y donde el autor nos ofrecía una mirada crítica al mundo contemporáneo y sus flagelos: la globalización y el neoliberalismo, como señalaba oportunamente Marie-Jo Vargas, anfitriona de un club de lectura hispana de Chambéry.

Recepción posterior:

Algunos libros parecen negarse a morir pronto entre las pilas de las librerías de saldo o en las fauces de la temida trituradora, y a *LS6* se le concedieron unas cuantas oportunidades que, por fin, resaltaban su calidad, y que podemos resumir aquí con motivo de su reedición (que conmemora los 10 años desde su publicación).

Primero fue distinguida en el *Festival du Premier Roman de Chambéry* en su edición de 2012, obteniendo un galardón como *Mejor Primera Novela Española del año*. Un festival en el que son los propios lectores quienes leen, eligen y sugieren óperas primas en distintas lenguas, lo que invalida esa práctica tan habitual de amañar los premios. Se trata de una selección limpia, alejada de amiguismos y de enchufes de los grandes grupos editoriales, por lo que su prestigio es doble.

Después, en 2016, fue traducida al inglés por Sally Ashton & Steve Dearden y publicada en el Reino Unido por la editorial Dead Ink.

Y también llegarían, poco a poco y en editoriales marginales o independientes, otras publicaciones que iban a definir el rumbo de una obra en marcha: *Cuento kilómetros, Biblioteca Nacional, La 4ª, La casa de las alfombras,* sin olvidarnos de su participación en diversas antologías y sus crónicas y artículos de opinión en prensa.

Ahora *LS6*, en su edición para LcL (Literaturas Com Libros), demuestra de nuevo que, dejando atrás la indiferencia con la que fue acogida en España y el calor con el que fue recibida en otras latitudes, mantiene el rumbo para el que ha sido publicado un libro: mantenerse disponible para nuevos lectores.

La novela:

Prepárense para la inmersión en un ambiente impropio de tantas de esas novelas españolas que hieden a naftalina: aquí encontraremos actualidad, buen pulso narrativo, esa frescura ya apuntada, la velocidad contemporánea, las vidas cruzadas del mundo globalizado, la mirada de un autor que nos habla de lo que está pasando en algunos distritos, incluso aunque sean lejanos e incluso aunque se trate de ficción porque a menudo es la ficción la que mejor refleja las verdades de la sociedad en la que vivimos.

LS6 es, en el fondo, como la versión narrativa de una película del estilo de *Trainspotting* o incluso de algunos filmes de Guy Ritchie. Porque no debemos olvidar la faceta cinéfila del escritor: Mario Crespo ha dirigido algunos cortometrajes y en sus relatos y en sus novelas se percibe una conjunción entre lo literario y lo cinematográfico que a mí, como lector, suele apasionarme. Espero que a ustedes les suceda lo mismo.

LS1

1

¿Para ti, cuál es día más importante del año?, me pregunta. Odio que una tía me venga con preguntas trascendentales cuando ni siquiera tengo su número de teléfono. Son poco más de las ocho de la mañana. Amanda. Lo que más me gustó de ella fue su nombre. Amanda. Mm, es un nombre que me pone. Corro las cortinas y la luz entra de forma agresiva, como cuando abren unos grandes almacenes el primer día de rebajas. La imagen que me había formado de la rubia se derrite con la luz del sol. Para un español, tener sexo en Inglaterra no tiene ningún mérito. A partir de cierta hora puedes firmar una relación contractual con cualquiera que tenga ganas. Las inglesas no suelen ser de mi gusto, en general, pero esta es demasiado fea. El whisky también fue demasiado. Me encanta que sean desinhibidas. Valladolid, Burgos, Pamplona, Logroño, León. Mi padre tardó años en poder elegir destino. Adolescencia en los ochenta. Pero en la Submeseta Norte no había movida madrileña, ni trajes ibicencos, y follar no era nada fácil. Debería haber venido antes a estas islas. Pero, por favor, no me preguntes esas cosas. Tú no.

2

Para mí hay dos momentos clave en la historia de Gran Bretaña: la Revolución Industrial y el desvarío de Margaret Thatcher. Desde aquí se ha gestionado el mundo durante siglos. Un poder difícil de controlar sin cometer excesos. Shakespeare, Churchill, Lennon, hay muchos nombres importantes en la historia del Reino Unido. Las máscaras de los laboristas y el pecho descubierto de los *torys* hacen que el país, mientras funcione económicamente, no entre en guerras ideológicas intestinas (con la salvedad del problema irlandés), como sucede en los países latinos. La tranquilidad que eso aporta lo convierte en un marco perfecto para desarrollar el Plan. Se trata del lugar ideal para el establecimiento del liberalismo económico. Y de cualquier liberalismo. Pero hay algo más que lo hace especial. Algo que lo convierte en un sitio con magnetismo, con atracción. No sé si seré capaz de explicarlo con palabras; es una suerte de energía que emana de la humedad, de esta atmósfera tan envolvente que te hace... pensar.

Trasnochar con un vaso helado en la mano. Otro, por favor. Me imagino a la Thatcher excitada, atacada, pensando en que su idea ultraliberal estaba calando hondo en el mundo civilizado. Mojando los labios en Johnny Walker etiqueta negra. La regulación no funcionó. Se desprestigió el valor del dinero. Y nuestros ahorros. En París pagué seis euros por una cerveza pequeña. ¿Cuánto debería haber pagado por un BMW? Thatcher y Reagan dijeron que el estado no era la solución, sino el problema. Y dejaron que el mercado nos bajara los pantalones. La publicidad hizo el resto. Luego nos los bajamos nosotros mismos. Consiguieron mentalidades consumistas capaces de pagar un piso al triple de su precio. Veinticinco años después, los estados inyectaban dinero de los contribuyentes al sistema financiero. Y la Thatcher patas arriba, con la falda caída.

La Revolución Industrial, el abandono de las colonias, la apertura de fronteras en Europa. Las oleadas migratorias han dependido siempre de la demanda de mano de obra barata. Pakistaníes, indios, caribeños, africanos, polacos. La cosmópolis del país me fascina. Esto sí que es vivir en el mundo. Una torre de babel sin escaleras. Sabía poco de Inglaterra antes de venir aquí. De Gales, Escocia e Irlanda aún no sé nada. Lo único que conocía de Leeds era su estadio de fútbol: Elland Road. El fútbol da cultura. Aterricé en Londres con la excusa de aprender inglés y meses más tarde decidí que Leeds era igual. Bueno, parecido, pero más barato. Una especie de sucursal de condado. La capital de Yorkshire, un orgullo para los oriundos. No es fácil entender su acento, ni conocer las palabras dialectales que usan, pero aquí me he sentido siempre como en casa.

3

Me aburren los polvos frívolos. Ya no sé trabajarme a una española. Me siento brusco, frío, seco, como un vikingo en un burdel. Me falta la pasión, me falta un orgasmo pronunciado, poner los ojos en blanco, alcanzar el todo. Después de ver la cara de *troll* de Amanda he decidido masturbarme más a menudo. Necesito jugar, entretenerme, divertirme, ruborizarme. Necesito creer que le gusto a alguien. Ya no me vale con saber que a las cinco podré liarme con la primera que tenga ganas, con la primera que se quite la camiseta en una discoteca, con la primera rubia mediocre que me invite a una copa en un pub.

Con el pantalón caído y las zapatillas en la mano le digo adiós a Amanda. Al pronunciar su nombre siento un placer que ella no ha sabido darme. Bajo a trompicones las escaleras, giro hacia lo que parece el salón y salgo de la casa por la puerta trasera. Es la última línea de edificios de la zona. Detrás de unos árboles está la carretera. La calle no está asfaltada y piso varios charcos antes de alcanzar la vía, donde paro un taxi que pasa por allí en ese instante. Estoy en el distrito 6: en LS6, cerca del estadio de *rugby* y no lejos de mi casa.

En León las cosas no iban mejor. Llegué a trabajar en el Parador. Autónomo. ¡Buf!, cuando se lo digo a mis compañeros no se lo creen. Uno de los pocos *freelance* de la zona noroeste. He estado en un mitin del PSOE, en una cena del Real Madrid, en la finca de Enrique Ponce, en la dehesa de Victorino, he cortado jamón para Fabio Capello, he metido el cuchillo delante de ministros, embajadores, alcaldes de capitales de provincia y hasta de Jaime de Marichalar. Un día le partí la cara a un tipo. Me cansó. Cuento hasta diez, respiro hondo y pienso en la playa, pero a veces no puedo contenerme. Me molesta mucho que se rían de mi profesión. Soy cortador: corto jamón.

Como autónomo llegué a ganar mucho dinero, pero luego vinieron tiempos difíciles. Solo los fuertes sobreviven. Alguien me sugirió Inglaterra. Sí, hombre, es una experiencia y, además de aprender inglés, puedes ganar mucho dinero. Típico consejito que, unido a factores económicos y emocionales, hizo que desembarcara en esta isla. Desde entonces soy uno más. Extraño circular por la izquierda, el sol mediterráneo y los productos de la matanza, pero no me importa, ya estoy habituado al naranja oscuro de los ladrillos, a decir siempre gracias y a sonreír al interlocutor cuando mis ojos delatan que quiero matarlo. Aquí la democracia está muy consolidada y la convivencia es más fácil que en España. Todo es más fácil. La crisis es lo único que me inquieta. Hasta ahora no he tenido mucha suerte. Llevo cinco años en Inglaterra y aún no he podido blandir el jamonero.

Durante el último año el consumo ha bajado en picado. En Leeds la gente no sale a cenar tanto como solía hacerlo. Sale a beber. Poco a poco se reducen gastos familiares. Un camarero ve todo; un camarero necesita usar la psicología, manejar a los clientes; un camarero puede hacer un análisis social de cualquier aspecto de la vida en función de los clientes que trate un sábado noche. Y en los últimos tiempos se veía venir un bajón del consumo, un descenso del porcentaje de ganancia de mi manager general, una reducción de horas semanales y, finalmente, un despido. Me han finiquitado.

4

El taxi me escupe en The Headrow, frente a la biblioteca. Me meto en un badulaque y compro un Lucozade y una chocolatina Lyon. En mis primeros meses en la isla aprendí que un desayuno tan barato me proporcionaba energías suficientes para buscar trabajo durante más de cuatro horas. Hace una semana que estoy desempleado y me aburro. Pero conseguir un empleo no va a ser fácil hasta que la economía repunte.

Cruzo The Headrow, la avenida más importante del centro, y camino por Park Row a toda velocidad, intentando alejarme lo máximo posible de mi antiguo lugar de trabajo: no me apetece encontrarme con ningún compañero que me quite la costra, que haga sangrar la herida; todo el asunto del despido fue muy desagradable. Nada más girar hacia Bond Street, un negro de más de dos metros me agarra del brazo. Es tan negro que apenas puedo distinguir sus facciones, solo veo un brillo azul.

—Carlos, *¡fodes* —exclamo.

Se trata de un cocinero del restaurante, de mi exrestaurante. Vino de Angola con toda su familia. Un prodigio de la naturaleza que alberga un gran corazón. Todos sus miembros trabajan, pero, según Carlos, gastan demasiado en facturas. Carlos ya no puede hacer horas extras en la cocina y se pasa el día en la calle, buscando algún trabajito de media jornada.

—*Irmaõ, ¿tudo bem?*

—Sí, hermano, todo bien, ¿qué te cuentas?

—¿Sabes que el *General manager* tiene una aventura con Nely, la colombiana?

—¿Ah, sí?

Nely, ¡joder! Me gustaría ser *general manager*, pienso para mí. Estoy en lo cierto, ya no sé trabajarme a las latinas...

Le digo a Carlos que tengo mucha prisa y me voy corriendo, como si huyese de mi pasado más reciente. Me mira contrariado y sonríe.

Bond Street es una de las calles peatonales del centro. Desconozco qué había en esta zona a mediados del siglo XX, pero a día de hoy es un enorme parque comercial abierto y cerrado. Una cuadrícula perfecta compuesta de paralelas anchas y perpendiculares estrechas, todas ellas peatonales, que hacen las funciones de centro comercial al aire libre. El laberíntico pasadizo del *shopping centre*, las famosas Arcadas (*Arcades*), sirven para comunicar unas calles con otras. Decenas de entradas y salidas que crean confusión. El centro de Leeds es un enorme parque comercial de perfil arquitectónico victoriano que no deja indiferente al visitante. Calles atestadas de gente que te golpea a cada paso, piernas que se mueven como autómatas, lentillas de colores, miradas en blanco y negro, tecnología, juguetes, ropa, deportes, bodas... Todo de todo. Los habitantes del área metropolitana, de Bradford, York y de todo Yorkshire vienen a comprar a este enclave comercial del corazón de Inglaterra.

Albion es una de las vías más populosas de la ciudad. Al final de sus números, donde las tiendas se acaban, hay una oficina de trabajo, un *Job Centre*. Necesito arreglar mi subsidio por desempleo lo antes posible. Deben de ser más de las nueve y media y el cuerpo me pide café. Antes de llegar a Albion me meto en una de esas macro-librerías con cafetería y me tomo un capuchino mientras hojeo el diario deportivo. El Liverpool se verá las caras con el Chelsea en los cuartos de final de la Champions.

5

Entro en la oficina de empleo y me siento en uno de los pocos sitios libres de la sala de espera. Al lado de una anciana de pelo gris. Parece inquieta, nerviosa. Sé que de un momento a otro encontrará cualquier comentario banal o cualquier pregunta que inicie una conversación. Tamborilea con sus dedos uno de sus muslos mientras me mira de hito en hito. Se nota que le apetece hablar; tiene pinta de estar sola. Yo prefiero continuar en este estado de aislamiento hasta que me toque el turno.

—¿Usted sabe lo que es el sistema Speenhamland, joven? —me dice.

—No.

—Es difícil de pronunciar ¿verdad?

—Sí, bastante.

—Es un subsidio creado en 1795 para las personas que, aun trabajando, no llegan a un salario mínimo para poder vivir.

—Yo ni si quiera trabajo, señora.

—¿Sabe?, joven, el sistema Speenhamland, es el truco de este país. Si dan estas ayudas es porque les interesa que haya gente que las cobre, o sea, que haya muchos salarios bajos.

No sé cuánto tiempo podré soportar a la vieja, me está poniendo nervioso con sus ganas de arreglar el mundo. Me encanta la economía, leo periódicos color sepia y sueño con tener mi propio negocio, pero hoy no tengo ganas de hablar con desconocidos. El cartel luminoso indica por fin mi número. He tenido suerte, la última vez tuve que esperar más de media hora. Al llegar a la puerta coincido con una mulata que, con muy malos modos, me dice que es su turno. Chándal rosa, aros de oro macizo y zapatillas de muelles, a juego con la gorra, la delatan: se trata de una *scally*, una *chav*. Una *choni*, traducido al argot español.

—¿Todo bien, cariño? —dice un pelirrojo de casi dos metros que tiene un niño en brazos.

—Este idiota dice que tiene el mismo número que yo.

El pelirrojo deja al niño en la silla y alcanza nuestra altura con dos zancadas de metro y medio. Me pide por favor que le enseñe el número. 66, le digo mostrándoselo. La *scally* también tiene el 66. Me lo enseña mientras mira de reojo a su hijo. Noto un golpe en el cuello, se me nubla la vista y me veo obligado a agacharme. La mano del pelirrojo es enorme, la veo amenazante a centímetros de mi cara. Después me da otra colleja y me dice que aún me queda un rato. Tira el papel al suelo con desprecio y este cae en la posición adecuada. Es el 99.

Hay cinco puertas para treinta y tres números. Veinte minutos de espera. El único asiento vacío está al lado de la anciana, así que decido salir a fumar un cigarro. En la calle me encuentro con Jesús, un asturiano con quien trabajé en el restaurante. Vendía botes de spray a los raperos y se sacaba un dinerillo. Ahora solo se dedica a los negocios ilícitos. Me dice que si estoy desempleado puedo dejar mi habitación e irme a vivir con él a una casa ocupa. En Inglaterra la ocupación está permitida. Me ofrece un cigarro y me comenta que le llame más tarde, así podrá enseñarme el chambre. Fumamos en silencio y medito sobre el tema hasta que al cigarro no le queda más que el filtro. Finalmente resuelvo que no es una buena época para pagar los impuestos de un alojamiento legal. De modo que le pido a Jesús que no se vaya y llamo a mi casera para comunicarle que voy a dejar la habitación. Dice que tengo una semana para recoger mis cosas y recuperar la fianza. Es una persona que me genera sentimientos encontrados: la admiro y la detesto al mismo tiempo. Siempre me han gustado las maduritas, pero esta es demasiado guapa para mi nivel. Va mucho a España y conoce bien nuestra cultura. A esta hay que trabajársela. Por eso me gusta. Por eso me ignora.

Jesús está de acuerdo en recibirme en la casa ocupa dentro de una hora. Nos despedimos con un choque de palmas.

6

Cuando regreso a la sala de espera la anciana ya no está. Están en el número 101. Intento colarme por delante del usuario que lleva ese número y estoy a punto de verme envuelto en otro altercado similar al anterior. No se trata de un *scally*, pero las arrugas de su frente y las facciones de su cara me dicen que es un tipo duro, un mal enemigo. Le dejo pasar y salgo del *Job Centre* sin resolver nada.

Para mí Inglaterra significaba fútbol, *rugby*, *hooligans*. Para mí Inglaterra era Boby Charlton, Paul Gascoine, el Manchester United. Algo lejano que solo podía ver por televisión. A veces recuerdo cómo afronté mi metamorfosis. Saber dónde está tu lugar no resulta fácil. Pero si lo encuentras debes advertirlo a tiempo. De otro modo, te arrepentirás toda la vida y querrás volver a la estación donde no cogiste aquel tren. Hace unos meses me di cuenta de que este país es mi sitio. Mi destino. Tengo una teoría sobre los españoles que decidimos establecernos en Inglaterra: somos tipos raros, introvertidos, buscamos empezar siempre de cero, huimos sin saber muy bien de qué o de quién y no echamos de menos el sol, ni tampoco los platos de cuchara. Me encanta este país hasta cuando todo sale mal.

Hay días en los que todo se lía, todo sucede al mismo tiempo, todo confluye en un mismo punto. Y tienes que elegir. Aunque dudo por un instante si el trabajo es más prioritario que la vivienda, decido encargarme de lo relativo a esta. Dejo atrás el *Job Centre* y pongo rumbo a la casa ocupa. Quiero ver la habitación, cerrar el asunto con Jesús y empezar a llevar mis cosas cuanto antes. Comienza a llover y yo, sin saber muy bien por qué, me acuerdo del título de una película: *Aguirre, la cólera de Dios*. No la he visto, pero me hace gracia el uso de la coma, esa coma después de Aguirre. ¿Quién sería ese Aguirre? Asocio el título con su cartel, que me recuerda al de *La misión*, y me veo a mí mismo como el personaje de Jeremy Irons: intentando conquistar un nuevo mundo.

Subo a toda prisa por Woodhouse Lane pisando todos los charcos del camino. Un problema menor a pesar de que calzo un modelo de Munich por el que he pagado más de cien libras. Deben de ser las once de la mañana. Mi móvil se ha quedado sin batería y no puedo mirar la hora. ¡Vaya día! En la calle no hay ni un alma. Aunque tampoco podría verla: todo es tan gris...

Hyde Park es un pequeño parque. Bueno, en realidad, comparado con los españoles, debería denominarlo un gran parque. Es el típico jardín inglés; un espacio abierto y natural sin cemento ni columpios. En este país, en cuanto salen tres rayos de sol la gente invade los jardines. El verde se cubre con el rosado de las pieles sajonas y el cielo se llena de humo de barbacoa. Huele a salchicha industrial, a campo, a frescor, a marihuana.

El parque está al lado del campus universitario de Leeds. Aquí la población estudiantil es casi tan numerosa como la paquistaní que, un poco más abajo, en la zona de la Gran Mezquita, perfuma el barrio con especias. Llego a Hyde Park empapado, cruzo la explanada en diagonal, bajo por una de las calles en pendiente y, unos metros más adelante, veo la casa ocupa. Es una antigua residencia estudiantil. La valla y la puerta están abiertas. Ni hay timbre ni tiene sentido que llame, así que decido entrar. El ladrido de un perro y el tufillo de la marihuana me guían por los pasillos. Alcanzo el salón y encuentro a un rastafari pelirrojo tirado en uno de los sofás. Supongo que la habitación del asturiano estará en las plantas superiores. Cuando me giro para reemprender la marcha, veo a Jesús detrás de mí. Además de asustarme, me dedica una media sonrisa que no sé cómo interpretar. Subimos arriba y me enseña la que será mi habitación. Cama y armario son los únicos bienes muebles presentes.

—¿Tú crees en la libertad? —me espeta sin venir a cuento.

—¿En la libertad? Sí, claro, pero no sé muy bien a qué te refieres.

—Pues a la libertad total. No ceñirse a ninguna norma, regla, creencia, dogma o imposición socio-cultural. A la conquista del verdadero intelecto, del libre pensamiento, ese que te permite hacer todo y experimentar con todo.

—Una cosa es la teoría y otra bien distinta es la práctica. Puedes ser libre a nivel de pensamiento, pero si estás dentro de este sistema... De hecho, tú mismo tienes que trabajar legalmente de vez en cuando. Para ser totalmente libre tendrías que vivir como un eremita.

—Bueno, yo me adapto al sistema según lo necesito. Digamos que, en vez de dejarme pervertir, intento sacarle partido. El sistema se basa en el control del individuo. Teniendo esto claro, lo demás es relativamente fácil de gestionar. Pero yo, salvo un número de la Seguridad Social, no tengo nada que me convierta en un ser legal, controlable. Aquí no hay D.N.I, no tengo carné de conducir y no pago tasas de vivienda, ni vivienda, claro. Es decir, si puedo, vivo al margen del sistema, pero si este me da un subsidio, por ejemplo, no me importa interpretar el papel de falso súbdito. Para el tipo de vida que yo llevo este es el mejor país del mundo. Pero todo eso lo damos por asumido aquellos que vivimos en libertad sin necesidad de ser eremitas, yo me refería a otro tipo de libertad.

—¿Cuál?

—La sexual, por ejemplo.

—Es lo que más me gusta de las islas. Aquí he follado todo lo que no había follado antes, ja, ja.

—¿Y has probado otras cosas?

—Sí, he hecho bastantes guarradas.

—¿Quieres hacer el amor conmigo?

—¿Cómo?

—Sí, en esta casa funciona el amor libre. Quería que lo supieras.

—Sí, vale, bien... pero si es libre, podré hacer lo que me dé la gana, ¿no? No hace falta que me coacciones tú con ese tipo de propuestas. La respuesta es no. No tengo ningún interés en hacer el amor contigo.

—Ok. Siéntete como en casa. La puerta está siempre abierta. Trae tus cosas cuando quieras.

7

Salgo a toda velocidad de la antigua residencia de estudiantes y pongo rumbo a la que todavía es mi casa. Me siento como un chiquillo que ha sufrido su primera novatada. Me siento imbécil, débil, vulnerable. No. No me apetece lo más mínimo acostarme con un tío. Y menos con él.

Camino en zigzag por la trasera de las colmenas de ladrillo naranja del barrio pakistaní y alcanzo el Headingley Stadium, uno de los recintos más célebres de Inglaterra. Un estadio doble donde trabajé de camarero. El edificio me da aire. Los deportes me dan buen rollo, me devuelven a la realidad, a lo estructurado de las clasificaciones, a los datos numéricos. En la casa ocupa me sentí asfixiado y ahora, empequeñecido ante la magnitud del graderío, me encuentro a gusto mientras camino.

Recién llegado a casa me dirijo a la nevera. Está vacía. Decido no comer y, aunque no tengo claro si mudarme a la casa ocupa, me pongo a hacer las maletas. Una duda sobre mi orientación sexual asola mi cabeza. Son imágenes veloces. Dos segundos llenos de fotos. Cuarenta y ocho fotogramas que se evaporan con la misma rapidez con la que entraron en mi mente. Dejo las maletas, me desplazo a la calle paralela y entro sin llamar en la oficina de mi casera. Nada más verla, embutida en esa falda, sufro una erección y esbozo una sonrisa. La sonrisa es la alegría de saber que aún me sobra testosterona. Está tremenda. Falda corta y botas altas. Se gira y no logro mirarla a los ojos. Su escote busca una respuesta. En ese momento sé que no me iré a vivir a la casa ocupa, que prefiero soplar nucas antes que morder almohadas, que estoy enamorado de esa británica con sangre española que me ha regalado un motivo por el que luchar. Desconozco si es un sentimiento real o una ilusión provocada por mis bajas defensas emocionales, pero se trata, en cualquier caso, de un objetivo más fácil que el de conseguir trabajo como cortador.

—Al final he decidido quedarme, Lisa.

—Aquí la que decide soy yo. Reitero lo que dije antes: tienes una semana para largarte.

Ahora sí que estoy seguro de que nunca me la tiraré. Tengo una semana para arreglar los desperfectos de mi habitación y recuperar la fianza íntegra. Una semana para encontrar un trabajito que me permita pagar las primeras mensualidades de un nuevo alojamiento legal. Una semana para vender algunos artículos a bajo coste, para empezar de nuevo, para cortar algo más que jamón. Pensar en todo esto me produce ansiedad, estrés, desazón. Lo mejor es tomarse el día de relax. Nino es la solución.

Conduce un Ford Focus rojo tuneado y es de aspecto hindú, pero su acento denota que ha nacido en Gran Bretaña. Es un indio de tercera generación que trafica con hierba, éxtasis y cocaína. Yo solo necesito un poco de hierba. Preferiría hachís, pero aquí es difícil encontrarlo. Tal vez por mi condición de español, por tener fácil acceso al costo, no me he acostumbrado aún a los globazos que provoca esta mierda de hierba transgénica adulterada con potenciadores de THC; es demasiado fuerte. Pero aún retumban en mis oídos las collejas del *hooligan* pelirrojo, la humillación de la mulata con pendientes de oro, la sensación de encierro que tuve en la casa ocupa y la expulsión de mi habitación. Estoy hundido. Me apetece fumar. Y necesito a Nino.

Me dice que tardará un par de horas. ¡Maldita sea! Me tumbo en el sofá, pongo la tele, comienzo a ver una película titulada *This is England* y me quedo dormido. En Inglaterra no es costumbre dormir siesta, pero la astenia primaveral se nota como en ninguna otra parte.

La llamada de Nino me despierta. Tardo unos segundos en orientarme y descuelgo. Me informa de que estará en el lugar de siempre en unos minutos. Llevo mucho rato dormido.

Nino llega a la puerta del estadio a las 17:58. Dos minutos antes de lo acordado. Ya digo que nació en Gran Bretaña. Monto en el coche y le doy las veinte libras pertinentes. La bolsa con la mercancía está bajo el freno de mano, como de costumbre. Yo mismo tengo que cogerla con disimulo mientras esperamos en el semáforo. El *modus operandi* es siempre igual. Una vuelta a la manzana y retorno al punto de salida. Pocas palabras entre nosotros, la mayor parte de las veces intercambiamos opiniones sobre la potencia del material o sobre futuras compras de estupefacientes.

El semáforo se pone en ámbar y luego en verde. Las señales de tráfico sajonas son más versátiles; también anticipan el verde. Noto el acelerón en cuestión de centésimas. El asiento Recaro absorbe mi cuerpo anulando su masa. Óxido nitroso. Cuando los demás conductores desembragan, el Focus rojo ya ha avanzado cien metros. Primera-segunda-tercera. La explosión de gasolina y aire se ha trasladado de los cilindros a mi cabeza. Volamos por Headingley Street bajo un ruido ensordecedor. Por alguna razón, Nino se comporta de manera extraña. Está rabioso, tenso, agresivo. Nunca lo había visto conducir de forma tan violenta. Cinco-mil-seiscientas-revoluciones-por-minuto-en-tercera. Tuerce a la derecha. Las ruedas chirrían. El coche se desliza y trompea, pero Nino consigue equilibrar la fuerza g y rectificar la trayectoria. Estoy tan acojonado que casi me meo encima. Aunque, por otro lado, siento que estoy vivo, que he salido de mi aburrimiento endémico, de mi monotonía. Estoy disfrutando la experiencia. Estoy gozando tanto que por un momento pienso: ¿y por qué no? ¿Por qué no morir?

La señora que maniobra marcha atrás debe de estar pensando lo mismo. Si Nino fuese a una velocidad moderada el frenazo debería ser suficiente. Pero Nino va de *rally*...

Veo el cuerpo volando. Es mi último recuerdo. Atraviesa el cristal como una bola lanzada por un cañón. Cuando comenzó aquel movimiento fatal no llevaba el cinturón puesto. El impacto es espectacular. No ha habido tiempo de reacción, salimos demasiado rápido de la curva. El Focus rojo está literalmente insertado en el Escarabajo amarillo. El morro metido en el asiento trasero. Una enculada en toda regla. Supongo que perdí el conocimiento unos segundos. Despierto y noto que alguien me intenta sacar del coche. *Don't move him!*, se oye al fondo. Estoy sangrando por la nariz. Pero no me duele nada. Miro a mi izquierda y veo a Nino fuera del vehículo. Lo veo a través del cristal mientras me hace un gesto con la mano para que vaya con él. Las mismas personas de antes me ayudan a salir del amasijo de hierro rojo en que se ha convertido el Focus del camello de moda. Se trata de una pareja que ha presenciado el choque. Les insto a que se preocupen de la señora del otro coche y me dirijo hacia la posición de Nino, que cojea ostensiblemente y sangra por la cabeza. Entonces veo la señal de prohibido circular a más de 30 millas por hora.

—Tenemos que irnos —me dice—. ¡Desaparece de aquí! Estoy cargado de mierda y llevo un arma. ¡Mueve el culo! —me grita fuera de sí.

El miedo llega a mí. No quiero problemas con la policía. Ya tengo suficientes. Nino salta la valla de una residencia de la tercera edad y se pierde en sus inmensos jardines. Tiene cojones, el tío. A simple vista parecía más malherido que yo. Los dos chicos le toman el pulso a la señora del Escarabajo. ¡Está muerta!, dice el chaval. Ella se va a buscar refuerzos y él saca su móvil para llamar a la ambulancia. Vuelvo sobre mis pasos y aprovecho el momento de confusión para abrir la puerta del copiloto del Volkswagen y hacer una inspección. Cojo el bolso del asiento y lo saco del auto. El chico me mira desconcertado, pero focaliza toda su energía en contestar a las preguntas que le hacen los de emergencias. Está nervioso y comienza a andar en dirección a la calle principal. Yo aprovecho para saltar la valla de la residencia y perderme en el bosque.

8

Cobijado en la maleza oigo las primeras sirenas. Está atardeciendo y nadie puede verme desde el exterior. De Nino ni rastro. Seguramente esté más acostumbrado que yo a estos asuntos turbios. Nunca he sido un angelito, pero la omisión de socorro taladra mi conciencia. No sé qué hacer. Tengo la mente bloqueada y el cuerpo dolorido. Me siento en el suelo. Al tocarme la nariz recupero la sensación de dolor que el miedo había anulado. La sangre corre por mis manos y me asusto. Reaccionar no es la solución. Necesito pensar.

—¿Está bien, joven?

Levanto la vista y veo la silueta de un hombrecillo calvo y cheposo.

—¿Está usted bien, joven?

—Sí, no se preocupe. Me he caído.

—¿Trabaja usted aquí?

—Oh, no, verá... soy comercial. Vine a vender un producto y me confundí de salida.

El hombre gana un par de pasos y se pone en cuclillas, a escasos dos metros de mí.

—Está usted sangrando, joven. Acompáñeme a la enfermería. Allí le curarán.

Acudir a un hospital podría delatarme, así que accedo a acompañar al viejo. Se muestra cortés, me ayuda a levantarme y me conduce por un camino flanqueado por pequeños cipreses. La estampa es tétrica, pero la presencia del anciano me inspira confianza.

—Así que comercial, ¿eh? Se está poniendo duro esto del

trabajo. El neoliberalismo solo sirve para las épocas de bonanza. ¿Ahora qué? ¿Por qué no despedimos a todos los maestros y a los médicos?

—Son imprescindibles —acerté a decir nasalmente.

—No, joven, lo único imprescindible es el dinero. Si no hay dinero, porque este no se genera al ritmo que se gasta, no hay sueldos para todos los médicos, ¿no lo ve usted así?

—Sigue habiendo demanda —dije para aparentar naturalidad en la conversación.

—Pero no es comercial. Un paciente no compra un producto, busca sobrevivir. Por eso no tiene sentido decir que el Estado es un problema. ¿Entiende joven?

Las luces naranjas de los faroles pergeñan la forma al edificio de tres plantas. El viejo está empezando recordarme a la señora de esta mañana. Pero hablar con él sí puede reportarme beneficios. Me pide que me limpie los zapatos en el felpudo. Tiene razón; el barro de mis pies borra la w y la e de *welcome*.

Hola, John, dice una voz proveniente de una esquina. Una enfermera, sentada tras el mostrador, nos dedica una sonrisa. Hola, Linda, responde el anciano mientras se para. Yo sigo caminando en línea recta para evitar el escrutinio. Pero John me delata. He encontrado a este vendedor en el parque, se ha caído y está sangrando por la nariz, le dice a la enfermera. Pues pasad, Lilly aún está dentro.

Una luz blanca modela la silueta de Lilly, la doctora. Mis ojos hinchados han reducido su visión al formato cinemascope, suficiente para ver el giro de su cuello al oírnos entrar. La escena me recuerda una estampa de Kim Novak en *Vértigo*. No tengo claro si su cara está iluminada o es en sí misma un foco de luz. Una leve sonrisa y un gesto vacilón anteceden a la pregunta: ¿Qué ocurre, John? Este le explica lo mismo que a Linda y se dispone a abandonar la sala. Un placer, me dice.

—Así que vendedor, ¿eh?

—Sí —digo carraspeando.

—¿Y qué es lo que vende, cuchillos?

—No, ja, ja, vendo... mobiliario de oficina.

—Ya... No me consta que haya venido un vendedor en el día de hoy.

—Bueno... estuve en Administración.

—No es muy común que un vendedor tenga esos cortes en los dedos.

—Ja, ja, un accidente doméstico. Mi mujer tiene un hombro mal y no puede cortar jamón.

—Entonces es usted español, ¿no? Dudaba si era español o italiano.

—Sí, je, je, me gusta cortar jamón.

—Dicen que es un arte. Mi padre organiza eventos V.I.P. A veces contrata cortadores de jamón profesionales que vienen desde España.

—¿Cómo? ¿Desde España?

—Sí, por aquí no abundan —dice haciéndose la graciosa.

—¡No!, ¡no puede ser!

—Bueno, si no quiere creerme...

—Oiga, Lilly... se llama Lilly, ¿verdad?

—Doctora Lilly.

—Pues bien, doctora, escúcheme atentamente, esto es muy importante para mí: yo puedo cortar jamón como un profesional. ¡Qué coño! ¡Yo soy un profesional! Dígale a su padre que me contrate cada vez que necesite un cortador de jamón profesional. Quiero cambiar de trabajo. Me aburre esto de vender sillas... ¿Lo hará?

—Parece usted un poco raro. Es un tipo misterioso y no sé qué hace aquí con la nariz rota, pero su entusiasmo me inspira confianza. Parece saber más de jamón que de sillas de oficina.

—¿Lo hará?

—Está bien, déjeme su número y su nombre, señor...

—Álvarez, Francisco José Álvarez.

—Muy bien, señor Álvarez, eche la cabeza para atrás.

Ha atardecido por completo y parece que las sirenas han desaparecido junto con la luz. Todo está oscuro. Todo está en silencio. De Nino ni rastro. Mi campo de visión se ha reducido aún más. Noto la pesadez de mis párpados, la hinchazón de los pómulos, dos pelotas de tenis bajo los ojos. Lilly me ha vendado la nariz y tengo que respirar por la boca. Una minucia, un precio económico a cambio de la importancia de su ofrecimiento. He tenido un día horrible, lleno de acontecimientos negativos, de duras emociones. Uno de esos días que sirven para pararse, reflexionar, convocar elecciones y arreglar los problemas. Pero el día me ha ofrecido también una contraprestación, un ticket-regalo, la oportunidad de mi vida.

Antes de alcanzar la calle y dirigirme a la que aún es mi casa, hago una parada en los arbustos donde he escondido el bolso de la señora del Escarabajo. Cojo todo aquello que considero útil: ochenta libras, un paquete de Richmond y dos entradas para el teatro, y me largo.

¿Y si invito a mi casera al teatro? Además de que le encanta el arte dramático, las entradas son para un palco V.I.P. Y ese esnobismo de clase media española le gusta incluso más que el teatro.

No queda mucho para que empiece la función. La llamaré por teléfono. Aunque, pensándolo bien, es una idea inútil, a estas horas ya estará cenando con alguno de sus novios.

Me deshago de una de las entradas y abandono el recinto.

LS2

1

¿Cuál es el objetivo de una mujer de setenta años que está sola en el mundo? Esa era la pregunta comodín de Julianne Redgrave en su espacio cero.

Julianne llamaba espacio cero a los momentos pasivos en los que la mente comienza a pensar de manera autónoma. Situaciones en las que no apetece leer, ni ver la tele, ni pasear. Instantes tan sinceros como incómodos.

El ser humano define su camino en función de la libertad que es capaz alcanzar. Julianne había alcanzado muy poca en sus siete decenios de vida. La frustración se oponía a la libertad, a las variaciones de ruta, a la improvisación. La cobardía es la semilla que hace germinar los complejos. Resignarse no es una buena opción cuando no se asume la derrota. A Julianne le enseñaron lo que era una vida modelo. La mujer, como demiurgo, necesita mimos y cuidados, necesita sentirse protegida, necesita la seguridad de un hombre a cambio de unas dosis de satisfacción carnal y emocional. Eso es lo que le contaron. Y durante un tiempo se lo creyó. Perder la virginidad, tener un estatus, ver crecer a sus hijos. Eran otros tiempos. Julianne no podía recordar si fue feliz, pero sí sabía que el recuerdo de aquella época era la única felicidad a la que podía agarrarse.

Luego llegó la vida, la de verdad, la que aparece un día y te espeta: hola, yo soy la vida y ya veré cómo te trato, pero sea como fuere tendrás que aguantarme. Y entonces se dio cuenta de la verdadera realidad, de que ya no podía volver atrás en un DeLorean, de que hay un momento preciso para hacer ciertas cosas, de que no se había adaptado a un tiempo que se estaba agotando. Y temblaba, y pensaba que no le importaría estar con su marido, otra vez.

Año 1983. Gran Bretaña está envuelta en una guerra con Argentina. Las Malvinas para unos, las Falklands para otros y las *Fucklands* para los más críticos. La Thatcher, la reconversión, las grandes huelgas, los disturbios, la emigración, el paro. Inglaterra vivía una de las épocas más turbulentas de su historia en medio de un proceso de metamorfosis cuyas consecuencias a largo plazo eran aún desconocidas. Julianne fue una de las primeras personas en conocerlas, y en sufrirlas. Su marido, un sargento del ejército británico, fue uno de los caídos en combate. El mayor de sus hijos, que tenía por entonces catorce años, se había rebelado contra la ley marcial de su padre convirtiéndose en un *yob*; un gamberro quinceañero dispuesto a enfrentarse al mundo. El pequeño, que tenía diez, apuntaba los primeros síntomas de una especie de autismo. Julianne estaba acostumbrada a gestionar los problemas de su casa, pero no sabía tomar decisiones. La situación le desbordó y cuatro años después de la muerte de su marido, sus hijos se fueron a vivir a Londres. El mayor para trabajar y el pequeño para estudiar. Nunca más volvieron a residir en Leeds.

La primavera llegó sin luz, pero Julianne se levantó con fuerza. Había descansado bien. Por la noche estuvo en su espacio cero, a solas con la reflexión. Y se durmió tranquila. No pensaba en sí misma, sino en toda la sociedad, en el sistema. Cuando uno llega a cierta edad, cuando se viene de vuelta, muchas cosas se dan por asumidas. Miras atrás y rememoras cómo afrontabas antes esos mismos problemas. Y te ríes. Te ríes de ti mismo, de la vida, de lo fugaz que es todo en el tiempo perdido. Las canas no han de ser una carga, se pueden asumir con dignidad, con estilo, con la misma coquetería que hace treinta años. Pero la degeneración no es tan fácil de aceptar. Julianne tenía cita en la peluquería a primera hora de la mañana. Una chica de ascendencia caboverdiana, Marisa, le cardaba el pelo como si fuera una estrella de Hollywood. Se sentía digna, segura, llena de autoestima. No sabía cuál era su objetivo en lo que le restaba de vida, pero sí sabía que quería vivirla, que no estaba dispuesta a perder más tiempo.

2

Para aprovechar el tiempo hay que dejarse llevar. Julianne no tenía mucho que hacer, pero sin dinero su atadura a la monotonía era aún mayor. Le hubiera gustado viajar, conocer el condado de Cornwall, Kent, Gales. Le hubiera gustado visitar a sus hijos más a menudo, pasear por Oxford Street, sentarse en Picadilly, cenar cerca del Támesis. Pero no tenía ni para pagar el abono transporte. Los viernes tomaba café con otras viudas, otras receptoras de subsidios bajos, otras abanderadas de la frustración. Cada vez le aburrían más. Pero la soledad era aún peor que el tedio.

Julianne era simpática y afable. Conversaba con cualquiera que estuviese a su lado en la parada de autobús, en la cola del supermercado, en la tienda de la esquina. Marisa era dicharachera. Un peluquero no solo tiene que hacer bien su trabajo técnico, sino también el psicológico. Tenía pasaporte británico, pero estaba muy arraigada a la cultura de sus ancestros. Le hablaba de los Orishas y de los ritos africanos, le hablaba del alma, de sacar la energía que llevamos dentro. A Julianne le interesaba mucho el tema y la escuchaba con atención.

—Estás guapísima, Julianne —dijo Marisa.

—Ya no estoy para piropos, cielo. Fue cumplir los cuarenta y convertirme en invisible a los ojos de los hombres.

—Espera a salir a la calle y me lo dices.

—Ay —suspiró—, no andaré mucho por la calle. Tengo que ir al *Job Centre* a arreglar la mejora de mi pensión. Este año hay mucho desempleo, requiere horas de espera.

—Espérame, te acompaño.

Julianne la miró sorprendida.

—Voy a fumar un cigarro —aclaró la peluquera.

Un joven con apariencia latina se sentó a su lado en la sala de espera del *Job Centre*. Los jóvenes saben mucho de tecnología, de moda, de música moderna, de Internet, pero desconocen las trampas que el sistema les tiende a diario.

—¿Usted sabe lo que es el sistema Speenhamland, joven?

—No.

—Es difícil de pronunciar ¿verdad?

—Sí, bastante.

—Es un subsidio creado en 1795 para las personas que, aun trabajando, no llegan a un salario mínimo para poder vivir.

—Yo ni si quiera trabajo, señora.

—Sabe, joven, el sistema Speenhamland, es el truco de este país. Si dan estas ayudas es porque les interesa que haya gente que las cobre, o sea, que haya muchos salarios bajos.

No parecía muy simpático para ser mediterráneo. Se intentó colar a una pareja de macarras y se llevó dos collejas. Por su descortesía para con Julianne se podría decir que hasta merecidas, pero después de ver su estampa en el suelo, agachado, doblado sobre su estómago, dominado como un pelele que amenizaba las horas de espera, nadie podía decir que se las mereciera. En cuestión de segundos el público de la función, soberano, pasó el papel de villano al inglés pelirrojo. Fue como una representación de la vida misma, fue literatura dramática. Y los espectadores implicados, juzgando a los personajes, controlando la situación desde fuera, sin mojarse. Julianne dudó por unos instantes si debía intervenir, pero detener aquella obra teatral hubiera sido una manera de enfrentarse al público. Julianne sabía de qué iba esto: siempre quiso ser actriz. De teatro. Le encantaba el cine, pero ella solo quería actuar de manera lineal, con la magia de Bertolt Brecht guiando sus pasos. Abandonó el arte dramático cuando nació su primer hijo. Nunca más retomó sus estudios, nunca más se subió a un escenario, nunca tuvo una frustración mayor que esa.

3

Un despacho con amplios ventanales por los que no entraba luz era el destino que había estado esperando durante la última hora. El cielo amenazaba lluvia y Julianne no había llevado paraguas. Aunque una pulmonía podría obligarla a reprimir esas ansias de actividad que le había traído marzo, el taxi era un gasto que no entraba en su presupuesto. Al otro lado de la mesa, un hombre corpulento con la cabeza afeitada para disimular su calvicie le recibía con la típica sonrisa flemática inglesa. Ese esbozo de cortesía que analizado significa: Hola, tengo un mal día, no me toque las narices.

—Bonito despacho.

—Gracias —respondió el hombre con la misma sonrisa flemática.

—He traído toda la documentación para la mejora de mi pensión.

—¡Ajá! Es usted la Señora Redgrave, ¿verdad?

—Así es. Casi no puedo subsistir, ¿sabe?

—Maldita crisis, nos afecta a todos... no se crea.

—No sé... los dueños de esos coches de lujo que aparcan en The Headrow no parecen muy molestos.

—También tienen más gastos.

—Ellos tienen muchas formas de conseguir dinero, yo no. Puede que el ochenta por ciento de la población sea de clase media, pero dentro de esta siguen existiendo las clases sociales. Y yo pertenezco a la más baja.

—Verá, señora Redgrave, usted no ha cotizado en toda su vida. Es normal que, al quedarse sola, no tenga derecho a grandes retribuciones. ¿No tiene usted hijos?

—Viven en Londres, pero no tengo dinero ni para el pasaje de tren.

—Bien, ya he adjuntado su documentación. En menos de quince días le llegará la confirmación. Aquí tiene. Que tenga usted un buen día.

En la sala de espera, el joven con aspecto latino intentaba colarse otra vez. No tuvo arrestos suficientes para enfrentarse al tipo de mirada aviesa que le precedía en la cola. Pobre desgraciado.

Julianne enfiló la subida de Albion Street hasta alcanzar el McDonalds, donde hordas de quinceañeros y ejecutivos mediocres devoraban sus menús junto a los ventanales, comiendo de cara a la calle, viendo la vida pasar mientras el colesterol se estancaba en sus paredes arteriales. Niñas con Nike y pantalones pitillo enarbolaban una nueva moda postmoderna en la que la mezcla era lo único válido. Un universo after-post-fashion que inundaba todo de color y mostaza con *ketchup*. Un mundo de locos en el que, según las noticias, un chiflado alemán había decidido quitarle la vida a todos aquellos compañeros que le caían mal. Mientras África y el coltán parecían más tranquilos que nunca, el edificio del Archivo General de Colonia se derrumbaba sin motivos. Tanto a Alemania como al resto de estados industrializados les fallaba la ingeniería, la precisión, su fuerte. Algunos de los engranajes socio-políticos que hacían girar el mundo se estaban oxidando. El sistema mundial, gobernado por el capital privado, por los dividendos ilimitados que permiten que un particular acumule más dinero que el P.I.B. de muchos países subdesarrollados, se estaba yendo al garete. La economía, nuestro Dios, estaba enfermando. Los estados intervenían mientras Obama y los socialistas españoles se frotaban las manos.

Albion Street estaba atestada de gente. Julianne tenía alergia a las masas humanas y a los restaurantes de comida rápida;

los aceites vegetales le irritaban las mucosas de la nariz. Así que huyó de las postrimerías del McDonalds para continuar su ruta por la calle paralela: Kirkgate Street. Allí se encuentra el Leeds Market, posiblemente, uno de los mercados más bonitos de Europa.

4

Entrar en el mercado fue una liberación. El olor del Kentucky Fried Chicken de al lado le había irritado de nuevo las mucosas. Julianne no podía entender que la sociedad de hoy día se hubiera mecanizado hasta el punto de aceptar mierda rebozada como comida.

El primer negocio con el que uno se topa al entrar por la puerta norte es un quiosco. A Julianne le encantaban los tabloides ingleses. Se entretenía con sus mentiras amarillas, con su sensacionalismo, con el toples de la concursante del Gran Hermano de turno. Mataba el tiempo metiéndose en la vida privada de los otros, jugaba a *voyeur* para paliar sus carencias, para completar sus recuerdos, para tener una dosis de realidad a la que atarse. *The sun* parecía traer noticias frescas sobre la pareja más importante del país: los Beckham.

El Leeds Market es un recinto enorme. Sus calles y manzanas albergan más de doscientas tiendas. Comida, bebida, música, regalos, accesorios para el coche, mobiliario, herramientas, artículos de broma y muchos más productos que, junto a rudos ingleses de clase obrera, turcos que hacen kebabs, chinos que venden máquinas de todo tipo, pakistaníes que gestionan inmobiliarias, sudafricanos que negocian con pelucas y caribeños que hacen rastas, conforman una de las mayores torres de Babel de Europa. Sin parqué ni corbatas de seda, sin pantallas ni zapatos de gamuza. Un lugar donde el dinero es humilde porque se reparte entre muchos. Un sitio donde hasta Julianne podía hacer gasto.

El olor a fresco de las verduras condujo a Julianne calle abajo hasta alcanzar su frutería favorita. Una lechuga, un kilo de patatas y un par de berenjenas era el gasto previsto. Steven, el frutero, siempre le hacía gastar algo más. A ella no le importaba. A cambio sacaba una conversación agradable con aquel hombre tan culto. Steven vivía en un pueblo a las afueras de Leeds. Tenía su propio huerto y una enorme biblioteca. Sus padres le dejaron el negocio en usufructo hasta que murieron. De no haber sido por aquella comprometedora herencia, Steven sería abogado o médico o escritor. No merecía el trabajo que le había tocado, estaba preparado para mucho más, pero se resignaba con buen humor e intentaba disfrutar trabajando.

—¿Te pongo tres berenjenas, Julianne, cielo?

—Solo necesito dos. Aunque si me dices qué libro estás leyendo quizás te compre una más.

—Uno de los últimos de Paul Auster. Si adivinas cuál es te regalo la berenjena.

—*Brooklyn folies*.

—¡Guau! Me veo en la obligación de regalarte las tres berenjenas. ¿Cómo lo has sabido?

—Eres como yo, solo compras ediciones de bolsillo. *Un hombre en la oscuridad* aún no está en bolsillo. No podía ser otro.

—¿Y tú? ¿Cuál estás leyendo? —preguntó Steven mientras pesaba las patatas.

—*Orlando*, de Virginia Woolf.

—Mm, interesante. Pero me han dicho que es un poco pesado.

—No para mí. Me siento identificada con el hermafrodita de *Orlando*. Es un gran análisis de la naturaleza de la mujer, de nuestro rol.

—Como decía Burroughs, la mujer no es un ser humano, es un ser aparte.

—Ja, ja, la mujer deja de ser tal cuando pierde al hombre y a los hijos, cuando no puede cumplir su necesidad natural de cobijar a sus seres como si fuera la madre tierra. Tendré que sopesar la posibilidad de hacerme lesbiana.

—Deberías retomar tus estudios de interpretación. Creo que vales. Además, siempre te me has parecido a Cate Blanchett.

—Ja, ja, ya quisiera yo...

—Por cierto, tengo dos entradas para la función de esta tarde en el *West Yorkshire Playhouse*. Mi mujer está enferma y no puede venir. Si te apetece acompañarme no tendré que vender su entrada.

—Todo un honor, caballero. ¿A qué hora?

—A las ocho y cuarto te espero aquí, en la puerta del mercado.

5

George Street es el límite de la zona comercial con la zona de peligro. A esa altura de la calle los negocios escasean y los compradores se dan la vuelta. *Pubs* históricos como *Three legs*, abiertos desde las diez de la mañana, son tomados por grupos de *hooligans* desempleados que desayunan pintas de cerveza con huevo frito y bacon. Las peleas, los navajazos e incluso los disparos son algo habitual en esta zona que refleja el carácter industrial y áspero de esta ciudad. El área está llena de familias de desempleados yonquis, de esas que conciben un hijo por año para recibir más ayudas del Estado, y los beneficios se van en heroína, papel de aluminio y amoniaco, mientras los niños crecen en un ambiente de violencia e insalubridad. El Gobierno ha planteado esta cuestión muchas veces, pero no parece haber encontrado una solución. Alimentar la vagancia y el absentismo crea estratos marginales que terminan por convertirse en un problema, en una lacra social. En los pasillos de los edificios de protección se vende hierba, coca y caballo. Los menores juegan con armas y las mujeres alimentan a sus bebés con biberones usados y sin esterilizar. George Street es la marca, el linde, la frontera entre el mundo de las víctimas sociales y el mundo de las víctimas económicas. Julianne creía que si perteneciese a esta clase de parásitos no habría tenido tantos problemas de dinero. Pero detestaba las drogas... que no se venden en farmacia.

En esta calle de dos caras, en la parte de arriba, en la decadente, se encuentra uno de los grandes almacenes más importantes de Inglaterra. Una nave llena de ropa barata y pasada de moda que se puede adquirir a muy bajo coste. Julianne, por prescripción médica, debía andar tres kilómetros diarios. Y como aún no se había equipado para ello, decidió meterse en el almacén.

En 1924, Harold Humpheys llevaba la sastrería al mundo del deporte fundando la casa Umbro, que ha vestido a la selección inglesa desde entonces. Umbro es la marca de Inglaterra, todo inglés tiene en su armario, al menos, una prenda de esta firma. Tienen una línea de ropa deportiva barata que usa toda la clase media del norte del país. Los ingleses son muy tradicionales. Siempre han tenido moqueta en las casas. Aunque ya no sea útil, aunque haya superficies más prácticas, aunque sea una guarrada, una aspiradora de suciedad, ¿por qué cambiar? ¿Alguien se imagina un *pub* sin moqueta? Eso pensaba Julianne: si a mis hijos siempre les compré los chándales y camisetas de Umbro, ¿por qué darles dinero a los americanos de Nike o a los alemanes de Adidas?

El modelo de chándal azul cielo con piel de melocotón le gustó tanto que salió con él puesto. Las primeras gotas caían como agua vaporizada. Llevaba un zapato plano y cómodo que, sin llegar a combinar bien con el equipamiento deportivo, hacía las veces de zapatillas. Era mediodía; hora de comer. Julianne pretendía volver a casa andando para estrenar su chándal, pero era demasiado tarde. De modo que decidió entrar en una de las innumerables tiendas de la cadena de panaderías Greg's y comprar uno de sus deliciosos Cornish Pasty. El *pasty* de Cornwall es una especie de empanda rellena de queso o setas o variadito de verduras o lo que sea, pero siempre bien especiada. Un *pasty* te da energía para varias horas. Los ingleses no suelen sentarse a comer a la hora del almuerzo. No se toman el acto de comer como algo hedonista, sino necesario. Tienen hambre y comen. En la sociedad inglesa hay una especie de regla no escrita que dice: no almuerces nada de lo que no te puedas deshacer en menos de treinta segundos. Las horas del día son para trabajar, para producir, para generar dinero que hinche el sistema económico, para que este haga florecer al financiero, a ese sombrero de prestidigitador de donde se sacan dividendos que no existían.

Julianne siempre quiso ir a Cornwall para probar el auténtico *pasty*. Ya se había acostumbrado a los del Greg's, pero era consciente de que se trataba una simple reacción inmunológica. Adaptarse o morir. Terminó de comer, cogió sus bolsas y salió de la marquesina donde había parado, cerca de The Headrow.

6

La biblioteca central de Leeds es un enorme edificio del siglo XIX con influencias victorianas. La escalinata es una obra de arte digna de ser visitada, pero, a pesar del chándal Umbro, las piernas de Julianne dijeron basta en el segundo piso. Arriba estaban los ordenadores con acceso a Internet. Le hubiera gustado usar esta herramienta, pero no sabía manejarla. Preguntó en el mostrador a una desagradable solterona que le dijo que ella estaba para hacer reservas, no para dar cursos de informática. Contrariada, la llamó maleducada tras el latiguillo del *thank you so much*. Creyó entonces que el chándal le restaba seriedad. Entró en el servicio y se cambió de nuevo.

En el salón de lectura de la planta baja, lleno de sofás, hizo una nueva intentona. Había un mostrador colmado de ordenadores de consulta. Solo pretendía hacerse con dos libros. Tendría que dejar lo de la informática para más adelante. Un hombre de su edad estaba consultando el catálogo en una de las terminales informáticas. Tenía barba gris y el pelo revuelto. Le inspiró buenas vibraciones. Parecía uno de esos hombres de los cuentos, un guardián de los bosques.

—Perdone caballero, ¿usted sabe cómo funciona esto?

—Digamos que estoy aún aprendiendo.

—Busco dos libros, pero la desagradable señorita del mostrador poco menos que me ha llamado imbécil, por preguntarle.

—No se preocupe, yo puedo ayudarla. ¿Qué es lo que busca?

—Estoy buscando un libro de Joseph Stiglitz y otro de Stanislavski.

—¿Puedo saber si desea algún título en concreto, señora? —dijo el educado hombre de aspecto escocés y acento de Yorkshire.

—No, solo quiero leer algo sobre economía y sobre interpretación. Y me interesan esos autores.

—Está bien, ¿sería tan amable de deletrearme los apellidos de los autores, por favor?

Julianne estaba tan deslumbrada con la amabilidad de aquel hombre que le costó varios intentos deletrear los nombres.

—Así que economía y teatro, ¿eh? ¡Qué mundos tan distintos!

—No se crea, señor...

—Carragher, pero llámeme Leo.

—Pues cómo decía, señor Leo, creo que de manera figurada tienen mucho que ver.

—Ja, ja, es cierto. A mí me encanta el teatro. De hecho, trabajo en el teatro. ¿Querrá venir conmigo un día?

Julianne se quedó paralizada. Congelada. No se esperaba una invitación tan directa y no supo qué responder.

—Bueno, sí... ya lo hablaremos... vengo mucho por aquí... ¿sabe? —acertó a decir nerviosa—. Ya nos veremos, ahora me tengo que ir...

Julianne no estaba acostumbrada a este tipo de situaciones. Se sentía violenta. Su exceso de simpatía y su gusto por hablar con desconocidos le había jugado una mala pasada, pero ¿qué podía hacer? Estaba sola en el mundo y su única satisfacción era conversar con gente amable que encontraba al salir a la calle. Este hombre le pareció encantador, cercano, bueno. Tal vez no tuviera ninguna mala intención, quizá la invitación no fuera en serio, quién sabe si solo pretendía ser cortés, pero la situación le había llevado a perder el control. Necesitaba reflexionar.

—Lo siento, señora, no pretendía ser tan directo —gritó el hombre mientras Julianne caminaba marcha atrás en su huída.

El nerviosismo generado tras el incidente de la biblioteca había elevado tanto sus niveles de adrenalina que decidió volver a casa andando a pesar de las bolsas. Llovía, pero Julianne no sentía nada, era un autómata que movía las piernas para desplazarse. Por el camino comenzó a notar los primeros síntomas de culpabilidad. Las primeras dudas y las diversas interpretaciones pasaron por su cabeza a 150 millas por hora. La lluvia arreciaba. Pero ella no se detuvo. Estaba confusa, una situación agradable se había convertido en un *boomerang*. Te cae bien, idiota, te cae bien, se decía a sí misma. Sus complejos y su miedo endémico la habían conducido a una encrucijada. Parecía una cría de quince años afrontando su primer amor. Perdida en el mundo, sin poder ser ella. Tenía que interpretar, necesitaba interpretar. Y entonces recordó sus clases de teatro. Cuando uno tiene que meterse en un papel busca rellenar el vacío del desconocimiento. El actor necesita saber todo sobre el personaje, sus conflictos, su situación, sus preocupaciones; necesita llenar el papel en blanco de la psicología. Por eso hace preguntas constantes. Pero Julianne no tenía a nadie a quien preguntarle.

Decidió que volvería a pasar por la biblioteca al mismo tiempo que resolvió qué ropa iba a llevar al teatro. Su indumentaria estaba empapada y había estornudado dos veces. ¡Lo que le hacía falta para terminar el día; perderse la función! La ropa menos clásica, la más atrevida, descansaba apolillada al fondo del armario. El vestido que llevó durante el homenaje a los caídos en Las Malvinas, hace ya bastantes años, era un modelo azul marino con brillos firmado por Versace. Lo compró en York, en una tienda de segunda mano. Hacía años que no se lo probaba, es posible que la cremallera no cerrase. Además, no tenía a nadie a quien pedir ayuda para tal menester. Pedírselo a John, el histriónico vecino de al lado, hubiera supuesto una nueva situación de tensión similar a la de la biblioteca. Vio pasar por la ventana a una de las viudas de su tertulia y la llamó por la ventana.

—Liz, ¿puedes subir un momento y ayudarme con la cremallera del vestido?

—Lo siento, cielo, me van a cerrar la *Post office*, llego tarde...

Sola. Sí, en efecto, estaba sola. Las viejas de su tertulia estaban marchitas hasta en primavera. Eran velas en una tienda de lámparas, eran máquinas de escribir en Silicon Valley, eran hoces de saldo en un concesionario de John Deere. Eran seres inútiles, obsoletos, desfasados. ¿Y yo?, pensaba Julianne. Yo soy lo mismo, pero más simpática.

Comer algo y ver la tele eran sus actividades para las próximas dos horas y media.

8

No había almorzado mucho, pero los nervios habían acabado con su apetito y no le apetecía cenar. Aún estaba un poco descolocada por el incidente de la biblioteca. No ya por el hecho en sí, sino porque había abierto la caja de Pandora de sus miserias, sus miedos, fantasmas y frustraciones. No sabía si volvería a encontrar a ese hombre, Mr. Carragher, pero si así fuese, estaría dispuesta a mostrarse como una mujer bien distinta a la tonta del culo que hizo el ridículo en la biblioteca. Ya no tenía nada que perder.

El sol estaba en caída libre y el atardecer se ceñía sobre la ciudad. Cuando casi no quedan horas de luz es cuando el sol intenta salir. Siempre igual. El tiempo en Leeds es incomprensible. Cuando hace calor es casi peor. Se convierte en bochorno y te oprime hasta que te aplasta. Con el agravante de que en Inglaterra no se estilan las piscinas. Es más fácil acudir al mar. La costa no está muy lejos de Leeds. Una de las viudas de la tertulia tenía una casa en Hull. Les había invitado varias veces, pero ninguna se movía del barrio. A Julianne le hubiera gustado ir, sobre todo porque está cerca de Scarborough, un precioso pueblo de pescadores que alberga en su playa un importante casino. Una zona de veraneo que siempre le había recordado a Cape Cod, el pueblo donde está ambientada la novela, de Norman Mailer, *Los tipos duros no bailan*. Scarborough fue donde su marido y ella consolidaron su amor. Fue la primera vez que salieron juntos de Leeds, su *honeymoon*, su luna de miel por Inglaterra y Escocia. Allí echó el mejor polvo de su vida. Fue la primera y única vez que hizo gala de su condición de multiorgásmica. Ya por entonces, ella misma se infravaloraba hasta tal punto que reducía el acto a los empellones de su marido, que borracho rendía mucho mejor, pero sin *feeling*, sin deseo, sin llegar a la vez.

Eran casi las seis de la tarde y aún tenía que ducharse y arreglar un poco su cardado. Se estaba empezando a valorar, se había mirado en el espejo varias veces y estaba dispuesta a darse color en los labios. Ni siquiera sabía qué obra iba a ver, pero la invitación del frutero había reforzado su autoestima. Steven la consideraba una mujer interesante y de charla agradable. Él era mucho más joven y estaba claro que no se atraían, pero mantenían una relación intelectual que a ambos les cubría muchas carencias. Podría ser el inicio de una gran simbiosis.

LS3

1

¿Y después del trabajo qué?, resuena cada tarde en mi cabeza.

Ayer no fue una excepción. Cada día, al finalizar mi jornada laboral, siento pánico. Pelis, partidos de fútbol y sesiones de Play Station son mis únicos ejercicios vitales más allá del trabajo. Ya ni siquiera voy a las tertulias de la comunidad latina.

Suena el despertador y me levanto con alegría. Voy a estar con mis pollitos durante ocho horas, en armonía con ellos, sacando lo peor de la parte animal del hombre y lo mejor de la parte humana del animal. Preparo un desayuno inglés y me dispongo para acudir a mi puesto de trabajo.

Criarte en la frontera entre Colombia y Ecuador perfila un carácter determinado. Mi padre, un alto mando de las FARC, tuvo que hacerse cargo de mí, del pequeño Andrés, ante la ausencia de mi madre. Ella murió en el parto. Soy un hijo de las FARC, de las Fuerzas Armadas Revolucionarias de Colombia. Soy el resultado de una noche de farra que incluía la violación de algunas secuestradas. Muchos niños han sido concebidos en la selva colombiana. Fruto del deseo, en ocasiones, fruto de la casualidad en otras, los niños de las FARC, en cualquier caso, nos criamos entre granadas de mano y Kalashnikov. Una vieja semiautomática sin balas fue uno de los primeros juguetes con los que me divertí.

Salir de ese ambiente, de esa endogamia sin amor, de esa tiranía paterna propia de otra época, no fue nada fácil. A los doce años me escapé del campamento y crucé la frontera con Ecuador. Una vez alcanzado Quito comenzó mi verdadera aventura, la de construir una vida empezando desde cero, desde mi renacimiento, desde un punto en el que parecía que mi vida anterior no había existido más allá de la frontera de lo onírico. Y ahora, que tengo casi cuarenta años y una estabilidad social y económica que tantos años me ha llevado conseguir, es cuando me pregunto por el resto: ¿y después del trabajo qué?

Siempre me he relacionado bien en sociedad, mi arraigado instinto de supervivencia me ha llevado a desarrollar una elegante labia con la que obtener casi todo lo que pretendo. Casi todo. Pero el otro casi me resulta cada día más difícil. La selva debió anular mi libido. Algún mal golpe en la próstata, alguna mordedura de reptil, alguna droga de la guerrilla... no sé, algo. Durante la pubertad sufrí algún tipo de patología que desconectó mi instinto sexual. No sentía necesidad de perder la virginidad, nunca me atrajo el sexo en ninguna de sus facetas y antes de recalar en estas islas jamás tuve relación alguna. Y ahora me pregunto: ¿dónde está mi pareja, mi media naranja, la persona con la que compartir mis problemas? Quizá puse demasiado empeño en sobrevivir y perdí otras capacidades, como la de amar.

Recuperé la libido recién llegado a Inglaterra. En general, las inglesas, sobre todo si están borrachas, frivolizan las relaciones de tal manera que cualquiera puede perder el miedo. Una doctora llamada Lilly, una apuesta rubia hija de un magnate, me despojó de mi virginidad. Me folló en las escaleras de mi casa. Digo me folló porque mi único recuerdo es que fui un pelele en sus manos, o más bien en sus piernas. Cuando terminó, unos tres minutos después de empezar, me dijo: «no me he enterado de nada, así que descansa y vete calentando para otro». Y así estuvimos toda la noche, aumentando el tiempo por polvo, es decir; su placer. Con el despunte del alba empecé a valorar la práctica del sexo. Podría haber seguido así todo el día. Pero, Lilly, una vez satisfecha, se calzó su tanga y se fue con el frescor de la mañana. Desde entonces soy otro, solo pienso en Lilly y en el amor que podría darme. Pero a pesar de ello no consigo sentir nada especial. Solo las ganas de convertir ese recuerdo en algo más tangible que la nostalgia.

A cada uno le cuentan una película sobre la vida. A mí me contaron que el gobierno colombiano y los paramilitares eran los malos. Y que había que luchar contra ellos, plantarles cara, secuestrarlos, torturarlos e incluso matarlos sin piedad. No me debió de gustar mucho el argumento. Entonces lo cambié por una película de cariz social. La trama se basó en buscarme la vida. Me arrastré por las calles de Quito, viví como un chamán en Guayaquil, viajé en barco a Ciudad de Panamá y, finalmente, decidí establecerme en las calles de San José de Costa Rica. Allí tuve mucho tiempo para pensar. Y pensé en México, la solución. El paso previo a occidente, a los Estados Unidos. Trabajé en Tegucigalpa hasta que reuní suficiente dinero para cruzar la frontera. Días después desperté en Puebla, mi primer paso hacia el nuevo mundo.

No soy capaz de entender mi vida, mis cuarenta años de viaje, más allá de la sangre, el sudor y el olor a metralla. Luchar para poder trabajar, para hacer algo que no gusta a nadie, para conformar nuestra paradoja vital. Trabajar es necesario para conseguir dinero, un estatus, un sitio en la sociedad capitalista, aunque sea en la más baja de sus posiciones, pero la sociedad debería repartir las tareas laborales en función de las capacidades de cada uno. De ese modo no habría un índice tan alto de gente que detesta su trabajo.

En la selva aprendí mucho sobre los animales. En la ciudad he aprendido aún más. Trabajé como mamporrero en una granja de Nuevo México, hice dos años de veterinaria en Madrid y completé mis estudios universitarios aquí, en Inglaterra. Nada más licenciarme fui seleccionado como auxiliar de inseminación para el *Tropical World* de Leeds, un parque temático con animales vivos. Pero la alegría me duró poco; Lilly es la hija del jefe, un sátrapa miembro del *British National Party*. Una vez nos vio besándonos a la salida del parque y me despidió fulminantemente. Mi única relación me arruinó la vida. ¿Cómo voy a ver las relaciones de pareja como algo positivo? Lilly me sigue llamando de vez en cuando para quedar conmigo. Es una bruja. Pero por alguna razón, siempre acepto.

Hoy es 21 de marzo, un día más en mi vida y un día menos para mi muerte. Son las ocho y media de la mañana y me dirijo al extrarradio de la ciudad, a Morley. Allí, en una granja avícola, trabajo como sexador de pollos.

Sexador procede, etimológicamente, del inglés *sexer*, que

hace referencia a una persona especializada en distinguir el sexo, en este caso el de las aves. En avicultura se precisa saber el sexo de los animales para separarlos según utilidad: reproductoras, aves de carne, ponedoras, etc. La función del sexador es saber apreciar con rapidez la diferencia de géneros, algo imperceptible para quien no esté habituado.

Vivo en el centro de Leeds, en lo que llaman la ciudad, *the town*. Muy cerca de la estación de trenes. Allí cojo diariamente un tren de cercanías que me lleva a Morley. En Inglaterra las ciudades se dividen en distritos que abarcan áreas metropolitanas enormes, desde barriadas hasta pueblos. Los distritos postales de Leeds se identifican con el sufijo LS. Yo habito en LS1. Morley está en LS27. Puede ser considerada una ciudad, en realidad ostenta el titulo de *market town*, una reminiscencia social del medioevo que otorgaba a algunas villas la posibilidad de organizar mercados, pero pertenece al extrarradio de *The City of Leeds*. Morley es un lugar muy popular entre la juventud inglesa por haber sido una de las cunas de la cultura club europea. *The Orbit*, una sala de música electrónica, fue hasta su cierre uno de los lugares de peregrinaje más famosos del *clubbing* mundial.

Hace poco conocí a un chaval catalán que también trabaja en Morley, Ricard. Es un poco raro. Rechaza relacionarse con españoles. Dice que los españoles son una lacra. Y que los catalanes también, pero menos. Según Ricard los españoles son un hatajo de pueblerinos nuevos ricos que hace dos días cagaban en el corral porque no tenían ni para váteres. Además, en su opinión, el español medio apesta a nacionalismo rancio. Los españoles siempre están entre españoles, dice. Le encanta hablar de política y criticar ácidamente a la sociedad que le rodea y de la que es partícipe ejerciendo como abogado. Hace dos días que lo evito. Tuvimos una discusión a cuenta de las FARC y consiguió alterarme. Preferiría no verlo.

Hoy el tren va más vacío que de costumbre. No va a ser fácil evitar al catalán. Uso el viejo truco de taparme con uno de los tabloides y el tren por fin arranca.

—¡*Hosti, noi!* No te veía. ¿Te escondes de mí o qué?

Vaya, creí que hoy podría librarme de este plasta, pienso. Estoy evaluando seriamente la posibilidad de cambiarme al turno de tarde. Este pesado comienza a caerme fatal y además tengo ligeras sospechas de que le gusto.

—¡Te has cortado el pelo, tú! Estás muy guapo, ¿eh?

Le miro de soslayo, se sienta a mi lado y me golpea en el brazo para quitarme el periódico de la vista.

—Estaba leyendo que los paramilitares han atacado un campamento de las FARC —le digo con rabia.

—Bueno, no empecemos como el otro día, Andresito. Cada uno tiene su pensamiento, ¿sabes? Para mí las FARC son unos terroristas de mierda. Y ya está, ¿sabes?

—No digo que no sean terroristas. Es cierto, son unos asesinos. ¿Pero nunca te has planteado por qué existen? ¿Nunca te has planteado que en algunos países de Suramérica las democracias presidencialistas son dictaduras militares encubiertas? ¿No has caído en que ante esta situación tiene que haber una resistencia?

—¡Uy! A mí me vas a hablar de resistencia. Resistencia contra el imperio español.

—Tú siempre con lo tuyo. Eso sí que es una minucia. ¿Quieres que te pague unas vacaciones en Ciudad Juárez? Tenéis lo que queréis... y más. ¡No me jodas! ¿Acaso los militares españoles han tomado Cataluña? ¿Has oído hablar del señor Matanza?

—Sí, hombre, sí, Andrés. No te pongas así.

—¿Has oído hablar del señor Matanza o no?

—Sí, hombre, Andrés, la canción de Manu Chao.

—De Mano Negra. ¿Sabes quién es el señor Matanza?

—Pues no sé, alguno de las FARC...

—No precisamente. Escucha la canción. Igual me entiendes, y todo...

Alzo el periódico hasta la posición que el idiota de Ricard me ha hecho cambiar y retomo la lectura de la noticia. No puedo concentrarme, la presencia de esa sabandija es una constante pulsión negativa. Parece enfadado. Mira hacia adelante sin fijar la vista en nada concreto. Lo controlo con el rabillo del ojo. Creí que era más frívolo. Pensé que tendría que mandarlo a tomar por culo directamente, que no se daría por aludido. Pero me equivoqué. He herido su sensibilidad. Creo que definitivamente le gusto. Paso las páginas hasta la sección de deportes. El Liverpool se verá las caras con el Chelsea en los cuartos de final de la Champions.

3

El tren avanza y Ricard sigue sin articular palabra. Me dan ganas de pedirle que se vaya a otro asiento, pero estimo que su silencio es suficientemente cortés como para dejar la situación estar. Me equivoco.

—Oye, Andrés y... cambiando de tema, ¿cómo va eso de sexar pollos? Me han dicho que hay que meterles el dedito por el ojete, ji, ji, ji.

He de reconocer que me hizo gracia lo que dijo y cómo lo dijo. Cada fonema que salía de su boca expulsaba con él un chorro de aceite. El suelo empezaba a estar resbaladizo.

—Je, je, ha tenido gracia eso, hombre. ¡Joder, qué fama tenemos los sexadores!

—¿Pero no es así o qué?

—Bueno, verás, je, je... hay varios tipos de sexado. Se puede hacer por ala, por cloaca y por color. Pero lo más normal es la cloaca.

—Pero y... esto... cuéntame: ¿qué notas en el recto de los pollitos?

—¿Cómo?

—Sí, ¿cuál es la diferencia entre el recto del macho y el de la hembra?

—Ah. Pues, verás, son distintos tipos de musculatura. Los genitales no son muy visibles.

—Oy, oy, oy, fíjate... qué curioso. ¿Y cuánto tardas en examinar un pollito?

—Unos cuatro segundos.

—Oy, oy, oy, tu productividad a la hora debe ser muy alta, ¿no?

—Más de mil aves por hora. Pero los japoneses pueden hacer muchas más.

—Oye, ¡fíjate! ¿Y te gusta tu trabajo? No debe haber muchos sexadores en el mundo, ¿no?

—Depende... en Japón hay muchos.

—Puedes ir a hacer un máster, ji, ji, ji.

—Pues ríete, pero es una profesión muy demandada y por tanto muy bien pagada. A mí me gusta. En realidad, soy veterinario, aunque me toque ejercer de esto.

—Ay, pues yo que trabajo de abogado y detesto mi trabajo. Pero al menos estoy sentadito en mi despacho. Sin olor a caca...

—A mí me enseñaron que en la vida hay que tener un trabajo para poder ganar dinero y, por tanto, subsistir. Y ya de trabajar intento ganar el máximo de dinero posible. Te aseguro que yo disfruto de mi trabajo mucho más que tú del tuyo.

El tren reduce la velocidad y el anuncio de megafonía pone fin a la charla. Hemos llegado a Morley. Ricard se va a su *buffet* y yo a mí nave avícola. Se despide cabizbajo. Yo me voy silbando. El cielo anuncia lluvia.

Hace un par de semanas entró en la empresa un nuevo sexador. Un peruano de madre japonesa que alardea de llegar a los mil quinientos pollos por hora. No llega a veinticinco años, pero parece el jefe. Un *pinche* descarado y chuloputas con el que ya he tenido un par de roces dialécticos. Se está cambiando en el vestuario. Entro y lo veo tensando sus bíceps mientras observa en el espejo su torso desnudo.

—Oye, *güey,* ayer me clavé una marca de mil doscientos. ¡Supera eso! —me dice.

—¡Qué bien!, esa marca la he superado miles de veces.

—No delante de mí.

—Muy bien. Eres el mejor, para ti los honores.

—No quieres competir, ¿eh? Ya veo que tienes miedo.

—Sí, tus rasgos japoneses me asustan.

—Oye, no te pases con mi raza, ¿está claro?

—¿Me vas a pinchar?

—Eres una mierda, llevas aquí más de un año y no te atreves a competir conmigo.

La competitividad laboral es algo que detesto. Todos debemos esforzarnos al máximo en nuestro trabajo y cumplir las expectativas por las que nos pagan. Pero competir entre compañeros para subir en el escalafón de la empresa es algo que una persona que se ha jugado la vida por conseguir cualquier trabajito de mierda no puede concebir. Me saca de quicio que los trabajadores se vendan a su pagador, que le metan el codo a su compañero para tirarlo al suelo delante del encargado, que piensen que en los corrales humanos no hay sitio para dos gallos de pelea. Yo trabajo, lo hago lo mejor posible y me voy. No pretendo más. Pero este pinche cabrón me está tocando la moral hasta tal punto que me va a obligar a aceptar. Yo no poseo su habilidad de manos, su velocidad japonesa, pero estoy seguro que mi índice de fallos es mucho más bajo que el suyo.

—Está bien, japonesito, acepto.

—Ok. Competimos al número más alto.

—Sobre el índice de fallos. Los erróneos restan sobre el total, ¿ok?

4

Comenzamos sin silbido inicial. El peruano juega, como se suele decir, a la italiana, a la argentina, juega para ganar a cualquier precio. No es limpio. Sexa pollos sin cerrar la boca. A través de la mascarilla sale su asquerosa voz de *latin king*. No se calla, no para de picarme, de meter el dedo en la llaga.

—Me encantan los chochitos de tu país, Andresito. Pero tú no tienes pinta de comértelos, ¿verdad?

—Las reglas del juego no dicen que tenga que hablar contigo, niñato, así que cierra tu sucia boca de *japo*.

—Las de Pereira son las mejores. ¿Qué coño les dais a esas mujeres para ser tan bellas?

—Le damos unos hombres como Dios manda. Unos hombres con los ojos abiertos para mirarlas.

—Te estás pasando, puto de mierda.

Me paro, abandono el sexado, dejo a los pollos y me yergo para dirigirme a él:

—Vuelve a insultarme y te rompo la cara.

—Chúpame la verga, llevo ya más de doscientos...

Matar a un hombre es algo que no me cuesta trabajo. Maté a dos paramilitares y un civil con una granada de mano. Nadie me lo ordenó. Los descubrí una noche espiando el campamento de las FARC. Todo el mundo dormía y yo me había desvelado a cuenta de un dolor de estómago. Si me veían podrían dispararme. Tenía doce años. Cogí la granada, le quité el seguro y lancé con fuerza al otro lado de la maleza, donde se escondían. Los tres murieron. He estrangulado a un hombre en Guatemala y he matado a otro a cuchillazos en Sonora. Estoy formado en boxeo y en artes marciales. Hace años que no me meto en líos, hace tiempo que no empleo mis tácticas de guerra, preferí renunciar a ellas al llegar a Gran Bretaña.

En Madrid no tuve más remedio que aceptar el papel de gánster. Necesitaba pagarme mis estudios y conseguir papeles. Conocí a un grupo de colombianos que trabajaban de camellitos para un cártel de Medellín establecido en España. Sacaban bastante dinero con la venta de coca adulterada en la noche madrileña de finales de los noventa. A veces les encargaban misiones más complicadas como hacer de mulas. Pero la profesionalidad del cártel les ofrecía suficiente seguridad como para no temer a la justicia. Yo acepté algún trabajo de cocinero. Se trataba de cortar la coca en unos laboratorios clandestinos de la periferia de Madrid. Me matriculé en la universidad y seguí trabajando indirectamente para el clan. A cambio me consiguieron un pasaporte británico que me convertía en un europeo legal.

Poco después, un jefe de campo me eligió para un trabajo más serio en colaboración con otra banda. Era un grupo de gansteres españoles conocido como *Los Miami*. Hoy día son una leyenda urbana, ya no existen como tal, pero en los años noventa, pronunciar la palabra Miami en Madrid aflojaba más de un esfínter. *Los Miami* desarrollaron rápidamente sus negocios clandestinos y establecieron una estructura en la que había de todo, incluidos policías y abogados. Las buenas relaciones del jefe del grupo con los cárteles colombianos, les llevaron a tener un estatus que ninguna banda del crimen organizado había ostentado en España hasta entonces. Todo un universo de poder que se vino abajo por la ambición de sus jefes, todos ellos demasiado jóvenes.

En el año 2000, me consiguieron un pasaje en barco desde Santander a Southampton y nunca más volví a España. Cada vez que el instinto asesino se despierta en mí, me acuerdo de cómo acabaron *Los Miami*: ahogados en su propia bilis.

5

Tras su invitación a chuparle la polla y un largo silencio la situación se calma. No articulo palabra. El recuerdo de *Los Miami* me deja absorto en mis pensamientos. Mucho mejor así. La discusión se estaba calentando y yo solo pretendía que se enfriase. En mi trabajo no saben quién soy. A pesar de que hago grandes esfuerzos por evitarlo, soy un killer, un asesino. Es mi naturaleza.

—Cuatrocientos, capullo. Llevo cuatrocientos. ¿Y tú?

—Alguno menos, pero seguro que con menor índice de error. Yo no me preocupo de los tuyos, imbécil.

—Te he dicho que no me faltes.

Se yergue, se pone serio, se sube la manga derecha, aprieta el bíceps y me dice, como si fuera Clint Eastwood en *El sargento de hierro*: ¿Quieres que compitamos por ver quién suelta más puños por minuto?

Llevo un rato notándolo, pero me parecía un espejismo, una sensación refleja. Su frase me demostró lo contrario. El hombre, a diferencia de la mujer, alcanza un punto máximo de cabreo en el que no puede recurrir a otra cosa que no sea la violencia. Cuando las discusiones se enconan, el hombre no espera más, alguna de las dos partes ofrece la vía de la violencia para acabar la riña lo más rápido posible, para cortar por lo sano. El peruano y yo hemos llegado a ese punto de tensión. Se me nubla la vista, el cerebro deja de oxigenar y mi instinto depredador sale a la luz como un volcán en erupción. Es una eclosión, una apertura de mis entrañas para rescatar los bajos institutos que me acompañaron en otro tiempo. Ni siquiera contesto al ofrecimiento de ojosrasgados. Me levanto, le doy la espalda, cojo un palo de madera apoyado en la pared, me giro y le golpeo en la cara repetidas veces. Cuando está en el suelo me ensaño como un sádico, hasta que por fin me doy cuenta que su cara es una bola roja donde no se distinguen las facciones. Noto que aún respira. Soy consciente de que un golpe más por encima de los hombros podría matarlo, así que decido seguir la paliza en la zona del costillar. El *crack* que produce la fractura de cada hueso forma una melodía angelical para mis oídos. Sigo con las piernas y la espalda. Ya no me quedan sitios libres donde pegarle, es como un yonqui sin venas donde pincharse, es un cadáver que respira. Alguien me agarra por detrás y varias personas se abalanzan sobre mí. Me reducen sin problemas. No opongo resistencia. El encargado y otros trabajadores me gritan: «¡lo has matado, lo has matado!». Pero nada más lejos de la realidad, el puto cabrón aún vive. La situación se tranquiliza mientras llaman a una ambulancia. Me tienen retenido. Digo que necesito ir al servicio a vomitar y el encargado me escolta como si fuera uno de esos policías que acompañan a los presos hasta la silla eléctrica. Cierro la puerta con el pestillo y me escapo por la ventana. No paro de correr hasta alcanzar la estación de tren. Llueve.

No me importa lo más mínimo. Buscaré otro trabajo. En la periferia de Leeds hay más naves avícolas. He cometido un error y tendré que asumirlo, pero no puedo dejar que la situación se me vaya de las manos. He caído en la trampa de un niñato chuloputas con ganas de guerra. Tengo experiencia suficiente en este tipo de situaciones, pero el instinto es algo que llevamos dentro y no podemos cambiar. Mi realidad, mis vivencias, mis recuerdos... no puedo concebir mi vida sin ellos, no puedo separarme, así como así, de ese gen asesino que llevo dentro. Mi padre mataba a hombres a los que luego colgaba o quemaba. Sin piedad. Sin remordimientos. Dicen que todos tenemos que vivir con un sentimiento de culpa que nos exime del pecado original que, sistemas y religiones, pretenden imponernos. Yo no me planteo esas cuestiones morales. Primero actúo y luego pienso. Sobrevivo. Por eso no preciso purgar mis pecados para sentirme a gusto. Lo único que necesito es empezar de nuevo, convertirme en una persona civilizada, en un ciudadano que vive en paz sin meterse con nadie y sin que nadie se meta con él. Soy un animal racional que busca sobrevivir, que actúa igual que un felino o un simio. Soy un hombre: un ser que mata fríamente, un demiurgo con derecho a decidir sobre la vida de quienes le rodean. Los humanos somos la única especie con capacidad para autodestruirnos, somos peligrosos, antinaturales.

6

Son las cuatro de la tarde y acabo de pagar seis libras por un grasiento menú del Burguer King. Cruzo por debajo del túnel que lleva a los canales y alcanzo mi casa en cinco minutos. Abro la bolsa de cartón, que tiene el logo de la franquicia por todas partes, y veo que me han timado. Faltan las patatas. La imagen de Michael Douglas en *Un día de furia* acude a mi cabeza. Pero ya he cubierto el cupo de problemas. Me resigno y asumo que el menú viene incompleto. *Bitter Sweet Simphony*, la melodía de The Verbe, me sobresalta. Es el politono de mi móvil. El *display* dice que mi jefe quiere hablar conmigo. Necesito unas horas de asueto. Él también. Es mejor no tratar nada en caliente. Decido no cogerlo. Espero que no llame a la policía. No le interesa lo más mínimo.

Acabo de comer, enciendo la tele y me quedo dormido viendo un documental de la BBC. La voz en *off* actúa como hipnótico, la oigo lejana desde el limbo en el que me encuentro. Las discusiones y las peleas son algo agotador. Te quitan las energías, te hunden.

Me despierto sobresaltado por la melodía de The Verbe. Me incorporo con dificultad y miro el *display*. Mi jefe de nuevo. No tiene cojones para llamar a la madera. *Fuck you*. La siesta me ha levantado dolor de cabeza. Me duelen los ojos. Ibuprofeno es la solución. En el botiquín encuentro una bolsita de plástico que contiene una especie de cagarruta negra. Es un hongo. Recuerdo que es un alucinógeno que Lilly me regaló. Lilly está obsesionada con el control de la mente. Es una persona un tanto extraña, a veces temible. Dice que es capaz de sintetizar *yagé* y que si lo consume puede leer el pensamiento de quienes le rodean. Es una mentirosa y una manipuladora. Controla mi voluntad gracias a sus tetas y su coño. Sabe cómo utilizarme. Sabe que aquella noche me marcó la vida.

No me atrevo a comerme el hongo entero, así que mastico un trozo que viene a ser la mitad de la pieza. Desconozco si la dosis es equilibrada, desconozco qué tipo de seta es, desconozco si me va a sentar bien o me voy a volver loco. Pero me la trago.

Burroughs. Lilly me habla constantemente de un escritor llamado Burroughs. Me cuenta que estaba obsesionado con la ayahuasca y con el control de la mente. Según Lilly, la mente de todos los ciudadanos está controlada por quienes mueven los hilos. Partidos políticos, publicidad, propaganda, religiones, dinero. Todo ficticio. La publicidad consiste en hacer creer al consumidor potencial que un objeto que no ha sido nunca útil es ahora imprescindible en su vida. Es falso, es mentira, es un engaño que todos acabamos por creer. El dinero, nuestro Dios, el mecanismo que mueve casi todas las motivaciones del mundo, tampoco existe. Es algo abstracto, sin valor. Son unos papelitos como los del Monopoly por los que nos matamos entre hombres. El sistema financiero es virtual, como Internet, como las redes sociales y los chats. Vivimos en un mundo aparentemente cómodo, una sociedad de bienestar cuyo objetivo es la felicidad. Pero se trata de una felicidad impuesta, con unos patrones y unas directrices que marcan los gurús del control; una felicidad falsa que esconde la basura bajo la alfombra. La fe ha manipulado la mente humana durante muchos siglos. Pero hace tiempo que el liberalismo ha tomado las riendas.

Todo esto me enseña Lilly. Según su teoría, Burroughs, un yonqui, un desecho social, alcanzó a Dios, la Verdad, el Todo, en sus experiencias con las drogas. Sus textos destapan con ironía la mentira en la que vivimos, basada en la castración del instinto animal, el único capaz de rebelarse.

Me tumbo en el sofá, cambio de canal y pongo Radio Caracol en la televisión digital. La pantalla está en negro. Escucho una canción de Shakira que dice algo así como «Bruta, ciega, sordomuda» y atisbo algo en la pantalla de plasma. Veo con claridad una imagen que emerge de la pantalla en negro y se acerca al primer plano. Se parece al Tío Sam. Lleva un sombrero de copa con barras y estrellas y un chaleco a juego. Tiene barba blanca sin bigote. Es un sureño. Se acerca hasta un plano medio cerrado, me mira fijamente a los ojos, me apunta con el índice de su mano izquierda y me dice: «Tú». Levanta su mano derecha hasta la barbilla y escupe trozos de dientes rotos. Del montoncito de nácar, coge una muela de oro, me la enseña y sonríe. La imagen desaparece.

Mi mente se mueve a la velocidad de la luz. Los pensamientos no son tales, son solo reflejos que visiono internamente cual fotogramas. Oigo música *techno* que mi cerebro mezcla con gusto y recuerdo, de manera paralela a los pensamientos flasheados, que ayer soñé que se me partían todos los dientes. Los pensamientos dejan de ser flashes para convertirse en fundidos encadenados y siguen ganando velocidad mientras en la otra mitad del cerebro los recuerdos se mezclan con dosis de fantasía y realidad. Veo a Lilly. Está trabajando en la residencia de ancianos. No tiene mucho que hacer. Nunca tiene nada que hacer. Se dispone a usar el microscopio. Parece estar investigando. Alguna droga, seguro. Algún tipo de alucinógeno. Noto una pulsión negativa en la residencia. Algo raro está sucediendo allí. No sé qué hora es. No sé cuánto tiempo llevo sumido en mi estado alucinatorio. No sé qué coño estará pasando en el centro para mayores, pero sí sé que por primera vez he sentido algo por ella: una preocupación, un sentimiento de aprecio, de protección... he sentido. Algo está cambiando. Miro el reloj, son casi las seis de la tarde. Cojo las llaves, algo de dinero y salgo a la calle. La residencia está en LS6, cerca del Headingley Stadium. Pido un taxi.

7

Acuerdo el precio con el pakistaní. La mayor parte de los taxistas de Leeds son de la zona de Punjab. El vehículo está tuneado y lleva inserto óxido nitroso. A los *pakis* les encanta tunear los coches. El volante y la palanca de cambios son de la marca Momo, de competición. Los asientos delanteros, Recaro, me llaman la atención. Son rojos y llevan el símbolo de Citröen. Le pregunto por ellos.

—Con este asiento, sí, sí, con este, con el mío, *brother*, es con el que Sebastien Loeb ganó su primer campeonato del mundo de *rallyes*.

Si no fuera *paki* pensaría que está de broma, pero ya digo que les encanta el mundo del motor, el *customizing*, el arreglo y cambio de piezas. Es muy posible que ese asiento Recaro lleve adjunto el ADN de Loeb. La velocidad a la que subimos Woodhouse Lane me induce a pensar que no es solo el ADN de Loeb lo que está en el coche, sino su propio espíritu. Debería pedirle al taxista que fuera más despacio, pero en el fondo me gusta la velocidad.

En Headingley Lane hay radares. El conductor reduce marchas. Los coches están parados. No parece que las cámaras tengan la culpa. Hay una retención. El tráfico no se mueve en nuestro sentido. Me empiezo a poner nervioso y le digo que tengo prisa. Contesta que no puede hacer nada. Le ordeno que dé la vuelta, pero argumenta que hay línea continua. La sirena de una ambulancia suena detrás de nosotros. Los coches se apartan para dejarla pasar.

—Está bien —le digo—, toma la mitad. Yo me apeo aquí.

—No, no puede ser —dice nervioso—, hemos acordado

un precio. Te voy a cobrar lo mismo, pero no puedes pagarme la mitad.

—Claro que puedo, no hemos firmado nada. Te estoy dando más de lo que es la carrera, así que no me toques los cojones tú también.

Le tiro tres libras en monedas sobre el asiento del copiloto y salgo de allí pitando. Tan solo tengo que andar diez minutos. La alucinación parece remitir. Al menos puedo andar por la calle sin que nadie se percate de que mi mente no está funcionando como la del resto de los mortales.

El accidente se ha producido unos metros más adelante. Uno de los coches está ardiendo. Paso por delante de él para no tener que cruzar la calle y un policía me grita que si estoy loco, que me aparte. No me he dado cuenta de que el coche puede explotar. Levanto mi dedo corazón derecho y se lo enseño al Bobby. No me presta atención. En Colombia, esta acción te puede costar la vida. Sigo andando hasta atisbar Otley Road, la zona comercial del distrito de Headingley. Ya no me queda nada para ver a Lilly. No tengo ni idea de cómo va a recibirme. Pero necesito verla, necesito corroborar que lo que siento es amor, que por primera vez y después de un ataque de ira provocado por el peruano, he creído sentir amor. El ser humano es así, cuando se siente solo, cuando se considera una mierda, es cuando deja su egoísmo de lado y busca lo colectivo, protección y cariño. Solidaridad. Creo que estoy sufriendo ese efecto. Tal vez sea un espejismo o una deducción errónea debida a mi estado alucinatorio. No lo sé. Lo único que sé es que me gustaría volver a practicar el sexo.

Avanzo por Otley Road para alcanzar Wood Lane. Las sirenas no paran de sonar. Son una sinfonía agridulce, como la canción, como la melodía de mi móvil y mis conversaciones telefónicas, como mi vida. Nada más enfilar Wood Lane me encuentro otro accidente. Dos coches de policía y dos ambulancias tienen la calle cortada. El choque ha sido espectacular, mucho más impactante que el otro, a pesar del fuego. Un Focus rojo tuneado está literalmente insertado dentro de un Escarabajo amarillo. Alguien mete un cuerpo en una de esas bolsas negras que significan muerte. La calle no es muy ancha y la colisión se ha producido a la salida de una curva, la velocidad del Focus debía ser muy alta para sufrir tal impacto. De los dos pasajeros del Focus ni rastro. La espectacularidad del golpe capta mi atención y me quedo un rato escuchando los comentarios de los viandantes. Una pareja joven explica a los agentes que los pasajeros del coche rojo huyeron aun estando heridos. La policía le comenta que el coche está a nombre de un delincuente habitual. Preguntan por el otro, por el copiloto. La mujer está muy nerviosa y el hombre dice que se distrajo mientras llamaba a Emergencias y que lo perdió de vista. Le dice también que tenía pinta de italiano o español. Treinta años, alto, delgado, moreno, con el pelo engominado hacia atrás.

La residencia no está lejos del lugar del accidente, pero está escondida dentro de un pequeño bosque. Es posible que Lilly no se haya enterado de nada. Aún no es de noche, pero apenas hay luz.

8

Camino calle arriba hasta que alcanzo la entrada de la residencia. La bolsa negra me ha hecho reflexionar. Me siento débil, me siento como una hormiguita en un campo de fútbol. Enano. He matado a mucha gente, pero nadie me ha matado a mí. No puedo ponerme en el lugar de mis víctimas, no puedo empatizar con ellas, no puedo sentir nada por el peruano de los cojones. Pero puedo darme cuenta, en el bajón del alucinógeno, que la existencia es fugaz, que puedes perder la vida en décimas de segundo. Muchas veces sin saberlo, de improviso, por sorpresa. Tantas y tantas veces sin estar preparado para ello, para pensarlo, para asumirlo. ¡Zas! Un momento y ya estás muerto.

¿Y entonces para qué coño vale vivir? ¿Cuál será mi legado en la tierra? ¿Para qué habrá servido mi existencia? Muchas dudas asolan aún mi cabeza. Noto cómo el efecto psicodélico sale disparado por las yemas de mis dedos. Estoy cansado y confuso. Espero que Lilly me resuelva algunas de estas cuestiones. Espero que también me la chupe.

La noche cae sobre Leeds. No ha vuelto a llover, pero la atmosfera es gris, triste, oscura, pesimista... Una de las farolas de la calle está rota y la luz naranja de las otras dos no es suficiente para alumbrar la entrada al recinto de la residencia. Me falta poco para tener que palpar la puerta. Me agacho para buscar el picaporte y noto un fuerte golpe en la nariz que lejos de hundirme me sobresalta y me levanta con fuerza. Alguien que salía se ha chocado conmigo.

—*¡Oh, sorry!*

Es un chaval joven, de unos treinta años. Lleva la nariz

vendada y casi no puedo verle la cara. Es moreno y tiene el pelo rizado. Parece español.

—*Are you spanish, my friend?*

—Tengo que irme rápido —contesta en español—, tengo mucha prisa. Lo siento por el golpe, colega.

El muchacho pasa a mi lado y reemprende su marcha al trote en dirección contraria a la del accidente. Me pregunto si será el español que huyó del Focus rojo. Vuelvo a agacharme para encontrar el picaporte y, alumbrado por la poca luz presente, atisbo en el suelo un papel. Me agacho y lo recojo. Es un ticket, una entrada para el teatro. Día 21 de marzo a las nueve de la noche en el *West Yorkshire Playhouse*. Parece interesante. Me gusta el título de la obra y pienso que, a menos que Lilly me ofrezca un plan mejor, voy a ir a ver la función. Nunca he ido a un teatro. Estoy nervioso, acelerado, pasado de revoluciones. Y en ese estado entro en la residencia.

—Hola, cielo. ¿Qué tal todo?

—Mal, Lilly, muy mal. Me he peleado con uno del trabajo y ha faltado poco para que lo matase. Luego me he comido ese hongo que me diste y he estado alucinando un rato. Ya no sé si todo lo que he visto en el trayecto es real o es una alucinación. Dos accidentes son muchos en menos de un kilómetro.

—Tranquilo, cariño, era una dosis muy pequeña. Dudo que hayas sufrido algo más que alucinaciones visuales y sonoras. ¿Por qué has venido a estas horas? Sabes que mi padre suele pasarse por aquí.

—Sí, lo sé, Lilly, solo que tuve una visión. Estabas en peligro, un hombre ensangrentado entraba aquí y te amenazaba.

—No ibas desencaminado, se acaba de ir. Solo que la parte de la amenaza es un desvarío de tu mente.

—Lo siento, me he preocupado demasiado. No he tenido un buen día, ¿sabes?, y eres la única persona a la que puedo aferrarme, de alguna manera.

Lilly se acerca y me besa en la mejilla, luego en el cuello y finalmente en los labios. Sufro una erección y le sugiero que cierre la consulta con llave y hagamos el amor.

—¡Estás loco! Mi padre está a punto de llegar. No debería verte aquí.

—Está bien, Lilly, me voy al teatro.

—¿Al teatro? ¡Tú nunca vas al teatro! ¿Cómo se llama la obra?

—No me acuerdo.

—Será Romeo y Julieta. No entiendo muy bien tu ablandamiento de hoy. Se supone que eres un tipo duro, ¿no?

—Puede que los tipos duros no bailen, pero sí se enamoran.

—Vamos, cielo, hemos estado muy poco tiempo juntos como para que estés seguro de eso. Es un engaño emocional. No te precipites.

—No es un engaño emocional, Lilly, es el análisis de mi estado emocional. La vida es una puta mierda, por lo menos la mía. Luchar y luchar para conseguir dinero. Y cuando lo consigues, alcanzas el vacío, el final del camino, una ventana cósmica que te conduce al tedio, a la monotonía. Una vez que abandonas la juventud, ¿para qué sirve lo demás? ¿Para esperar a la muerte en una antesala con televisión digital? Lo siento mucho, rubia, pero tú, sí, tú, eres el único ser vivo que me ha dado algún momento de felicidad en los últimos tiempos. No puedo querer a nada ni a nadie más que a ti. Pero viendo cómo me tratas, te pondré también en mi vida de recuerdos, la única que tengo ahora.

—Está bien, Andrés, está bien. Tranquilo. Yo también siento algo por ti. No sé muy bien qué, pero parece que alguna fuerza sobrehumana nos uniese a la fuerza. Sea como fuere nos iremos asumiendo el uno al otro...

La potente voz de su padre se oye en el pasillo. Está hablando con la enfermera, intentando ligar con ella a base de chistes malos y gracias preparadas.

—Sal por la puerta de atrás, Andrés. Mañana te llamo y quedamos para tomar algo y quién sabe si... Bueno, hablamos, el viejo ya está aquí.

—*I love you, Lilly*.

LS6

1

¿Está preparado para contárnoslo todo, señor Carragher?, le preguntó el mayor de los agentes a Leo.

La situación no era fácil. Leo estaba curtido en muchas batallas, pero nunca había visto algo parecido a esto. Tanta sangre, muerte y destrucción. En décimas de segundo todo había volado por los aires. Y él, sin saber muy bien cómo, seguía vivo. Un enfermero de urgencias le pidió que se despojara de su camisa. Quería comprobar la gravedad que revestían sus quemaduras. A Leo no le dolía nada. Estaba simplemente aturdido. Le pitaban los oídos de manera insoportable. Dos hilos de sangre caían de sus orificios nasales. Los agentes le pidieron rapidez al enfermero. Leo no sabía adónde mirar, ni qué decir, ni qué hacer a partir de entonces, de ese momento que acababa de cambiar su vida.

Una detonación es un proceso de transformación de la energía a gran velocidad. Es una fase de combustión supersónica. Para el cerebro humano es como un parón en el tiempo; una ventana hacia una nueva dimensión en la que, en una levísima fracción de segundo, una naturaleza material se transforma en moléculas. Leo tuvo suerte, su estructura molecular seguía intacta después de la explosión. Aún no podía analizar lo ocurrido. Pasajes de su época de estudiante universitario acudían a su mente. Su niñez, su adolescencia, su iniciación. Su vida pasaba en secuencias. Nació en Pisa, y estudió Físicas en la Universidad de Bolonia. Al morir su madre abandonó sus estudios para trasladarse a Leeds, junto a su padre. Era lo último que recordaba.

Parecía un milagro que el póster de *Leda atómica*, un cuadro de Dalí que decoraba el patio de butacas junto a otras reproducciones de obras famosas, se mantuviese intacto. *Leda atómica* muestra una figura femenina desnuda, cuyo modelo es Gala, esposa del pintor, en suspensión aérea junto a un cisne. La composición del dibujo está basada en la proporción áurea, que resume muchas teorías matemáticas. Las figuras están geométricamente insertadas en el pentagrama místico pitagórico. El artista buscaba conseguir una armonía perfecta basándose en las leyes de la naturaleza. Es el ideal de belleza de griegos y renacentistas, el de la relación de tamaños proporcional entre el todo y las partes. El arte en general y la arquitectura en particular han estado siempre influenciados por el número áureo, conocido como Phi. Esta nomenclatura griega no es más que una medición numérica de un proceso natural del Universo. El Universo parece poseer una especie de mecanismos internos que lo mantienen estable, equilibrado.

Cuando Leo llegó a Inglaterra, a principios de los sesenta, la inmigración estaba aún desarrollándose. Los primeros conflictos con la población paquistaní ya habían brotado y el país se encontraba en fase de cambio. Leo no pudo acabar sus estudios de física porque su padre, ya jubilado, le obligó a ponerse a trabajar. Entró de taquillero en un cine. Al principio cortaba entradas a la puerta, luego asumió las funciones de acomodador y quince años después compró aquella vetusta sala de ciento cincuenta butacas. Con la reconversión y el impulso del liberalismo de la Thatcher, vio cómo las grandes multinacionales echaban por tierra sus quince años de esfuerzo. El *Cine Casablanca* cerraba sus puertas a finales de 1988 y Leo se reenganchaba al trabajo como acomodador de una cadena americana. A pesar de su experiencia en el mundo de la exhibición, tuvo que pasar una humillante entrevista en la que una señorita de *veintipocos* juzgaba si era apto para el puesto. Leo no asumió bien el cambio que sufrió su país en la década de los ochenta. La gente como él había trabajado veinte años para favorecer a unos nuevos ricos que ahora le despreciaban como trabajador.

La venta del local y su sueldo como acomodador le permitieron casarse. Tuvo un hijo con su mujer. Pero su existencia fue efímera. Ambos murieron en el parto. Leo nunca cayó en depresión, ni modificó su carácter. Sus estudios e investigaciones físicas le llevaron a entender muchas cosas de la naturaleza, incluso le llevaron a asumir que donde acaba la ciencia empieza la fe y que ésta es lo único a lo que agarrarse cuando tus preguntas no encuentran respuestas en el mundo. Leo estaba convencido de que todo está escrito, que tenemos un destino y que si su mujer y su hijo murieron fue por algo. Creía en el número áureo, en la proporción entre las partes, por eso pensaba también que la vida le debía algo. Y tuvo miedo de morir, antes de ser recompensado.

2

A las 21 horas del 21 de marzo de 2009, el *West Yorkshire Playhouse* de Leeds saltaba por los aires tras una fuerte explosión. Todo el país estaba pegado a la televisión. El canal *BBC News* había enviado varias unidades a la zona del siniestro. La confusión era total. La hipótesis del ataque terrorista, planteada en un principio, perdía fuerza con el paso de los minutos y con las primeras declaraciones de los supervivientes, situados en el anfiteatro superior del recinto. Los datos apuntaban a una explosión de un conducto de gas. El número de víctimas era de veintitrés, pero la cifra aumentaba cada minuto.

El cartel gigante que anunciaba la función del día estaba ennegrecido. Aún salía humo por la puerta principal del edificio. *La muerte de Margaret Thatcher,* el título de la obra, todavía se podía leer sobre la marquesina. Se trataba de una creación, del dramaturgo inglés Tom Green, que imaginaba la muerte de la antigua primera ministra conservadora y cómo influiría dicho acontecimiento en los distintos personajes de la representación, como por ejemplo un minero del norte que caminaba hasta su tumba solo para escupir. El estreno de la obra causó mucha polémica en el Reino Unido.

El nuevo teatro de Leeds, situado tras la estación de autobuses y cerca de la de trenes, era una construcción moderna que cumplía todas las normas de seguridad. Las pesquisas iniciales descartaron una fuga de gas, pero unos tubos abiertos tras una pared habían llevado a los investigadores a cambiar el rumbo. La parte baja del patio de butacas había saltado por los aires. Varios miembros del reparto habían perecido. Los protagonistas acabaron la obra desafiando al arte dramático. Morir representando una muerte. Las paradojas de la realidad llaman al debate sobre la ficción. ¿Existe la ficción o solo es una maqueta de realidad que construimos por piezas?

Con el paso de los minutos Leo volvía a enfrentarse a su consciencia, a los hechos objetivos, al suelo del teatro sobre el que estaba sentado. Le habían aplicado una mascarilla de oxígeno que le ayudaba a superar la ansiedad del momento. Tras un escalofrío que recorrió su cuerpo, alcanzó una suerte de estado de tranquilidad, una paz que provenía de la resignación más absoluta. Ya no podía esperar más, ya había asumido con dignidad todos los golpes que la vida le había ido dando, y ahora, en su vejez, solo pretendía descansar, quién sabe si esperando una vida mejor.

Leo, criado en Italia, tuvo fuertes convicciones católicas en su infancia. Pero justo antes de trasladarse a Bolonia, a la universidad, terminó de convencerse de que la ciencia precede a la fe. Antes de lanzarse al vacío, prefería saber hasta dónde llegaba la explicación humana de lo desconocido. Quería saber. Y de este modo recaló en la Facultad de Físicas, donde se especializó en mecánica cuántica. Leo entendía el Universo como un espacio que se autorregula a través de sus fuerzas. Era empírico y creía que todo tiene una razón de ser. Pero cuando las ecuaciones se acaban hay que dejarse llevar, sentir, creer en ese ente supremo que pone a prueba nuestra fe. Y Leo rememoraba su etapa católica buscando a Platón. Miradas a un cielo sin ángeles que se perdieron en el vacío. Todas las teorías giran sobre un mismo eje. Heráclito, Aristóteles, Santo Tomás de Aquino, Hume, Nietzsche. Todo es lo mismo, todo es circular, todo se repite indefinidamente en una secuencia espacio-temporal que la mente humana desconoce. Interferencias existenciales que generan la chispa de la vida desde el momento que dos personas interactúan. Sociedades que crecen y que aspiran al materialismo histórico que la naturaleza del hombre impide alcanzar. Experimentos demócratas edificados sobre la conclusión tautológica popular de «en el país de los ciegos, el tuerto es el rey». Y más allá de esto, una confusión de lenguas sin esperanto ni esperanza.

Mientras le ayudaban a incorporarse, levantando un peso corporal al que le faltaban veintiún gramos, Leo, sin saber muy bien por qué, se acordaba constantemente de un tío suyo que residía en Tokio. Al incorporarse y mirar en derredor, el 10% de cerebro que aún le respondía se preguntó: ¿Por qué quieren que siga aquí?

3

Tener conocimientos elevados sobre física cuántica y ganarte el sueldo alumbrando butacas puede llegar a ser algo muy frustrante. Para Leo lo fue. Pero pronto lo superó. Siendo joven, en los inicios de su vida laboral, le dijo a su padre que quería continuar sus estudios de física, que era lo que más le gustaba en la vida. Su padre, un viejo huraño y amargado por su merecida soledad, le espetó una de las frases que más le habían marcado: nunca te dediques a lo que más te apasiona, dejarás de disfrutar de ello. Y Leo asumió que su interés por la física era una inquietud personal, no profesional. Su padre murió pocos años después y Leo no pudo desprenderse nunca del yugo laboral.

Los libros eran su lugar de recogida. Su realidad paralela. Su madurez. Cambió los ensayos de filosofía por los cuentos de Borges y sustituyó a Rousseau y Marx por Huxley y Orwell. Pero nunca salió de los libros. Asumió que cualquier ficción es buena para explicar la realidad y empezó a entender el mundo y sus verdades. Lo material pasó a un segundo plano y se compró una casita de campo en Morley, a unos kilómetros de la ciudad. Algunas vecinas lo tildaban de salvaje, pero era simplemente un *hippie* que podía autoabastecerse y subsistir sin necesidad de entrar dentro del canon social impuesto. Su apariencia escocesa, herencia de su padre, se había ido tamizando con los años, a base de teñir pelo y barba de blanco y arrugar las facciones.

A Leo le quedaba un año para dejar de ser un trabajador activo. Lo estaba deseando; solo pensaba en su nueva vida, en su renacimiento. Tenía pensado comprar gallinas y cultivar setas. Tenía diseñada una estrategia en la que no descartaba que alguien compartiese su vida. Por eso acudía a clubes sociales afines a sus intereses e inquietudes.

El cine era otra de sus pasiones. Pero el cine significaba trabajo. Y en sus ratos libres no quería hacer nada que le recordara su vida laboral, su forma de ganar dinero, su camino a la supervivencia más básica. Leo jamás acudía a las salas. Le gustaba recordar su infancia en Pisa, acuclillado en la primera fila del *Cinema Milano* para fumar un cigarrillo a escondidas. Neorrealismo italiano y cine clásico eran sus recuerdos como espectador. Conocía películas enteras de memoria, incluso podía repetir los diálogos como un loro. Pero no lo hacía por placer, para él ver una cinta tantas veces era parte de su profesión. De vez en cuando veía películas en su plasma de treinta y dos pulgadas. Pero lo que realmente le gustaba eran las series de televisión, las consideraba el cine del futuro. Películas que duran horas y horas, sagas enteras reducidas a tres temporadas de una serie. Le encantaba ver *Prision Break*, *House* y *Perdidos*.

Un zumbido de oídos y un fuerte dolor de cabeza le despertaron. Se incorporó desorientado y se dio cuenta de que se había quedado dormido en el salón. Se recordó a sí mismo que no debería ver más de cuatro capítulos seguidos. Eran las ocho de la mañana del 21 de marzo de 2009.

Morley es una población pequeña y tranquila. Más tranquila aún desde que cerraron aquella famosa discoteca que revolucionaba el pueblo. Leo había descansado mal y estaba abatido. Decidió coger un autobús para desayunar fuera y acudir luego al club de lectura.

Eran cerca de las nueve de la mañana y el día no parecía recibir a la primavera con buena cara. En la parada había un chico joven. Moreno. No muy alto. Hacía frío, pero el muchacho iba con una camiseta de tirantes, luciendo unos tatuajes tribales bastante aparatosos.

—No tienes frío —preguntó Leo.

—Sí, un poco. Es que vivo aquí al lado y no contaba con perder el bus anterior. Pero no me atrevo a volver a casa a por ropa no siendo que pierda el próximo también. No quiero llegar tarde al trabajo.

—Trabajo, ¿eh? Vaya coñazo.

—Sí, pero es para lo que estamos aquí.

—¿De dónde eres?

—De Perú.

Un taxi estacionó en la parada de autobús y una señora rubia se apeó.

—Ya le digo que por eso estoy aquí. Aunque llegue tarde no me puedo permitir pagar un taxi.

—Y el taxista está deseando que tú te lo puedas permitir. Ese es el sistema. Consiste en qué tú llegues a poder pagarte un taxi para que consumas un servicio más y engordes la hucha común que gestionan unos pocos.

—Y mi familia trabajando catorce horas diarias solo para comer...

—Para comer se hace lo que sea. Aunque yo no podría ser taxista. Lo veo peligroso.

—Hay muchas leyendas urbanas sobre eso, pero no es para tanto.

—Las leyendas son una realidad. Pero manipulada. Una ficción colectiva.

—En mi país la gente es muy ilusa, se cree todas las falacias.

—La gente necesita creer en algo.

—Hay que creer en la realidad.

—Tampoco sabemos si lo que vemos es la verdadera realidad. Por eso me encanta crear ficciones, y compartirlas.

—Pues yo creo en la realidad. Creo en los pollos que tendré que sexar hoy para hacer más que mis compañeros. Creo en subsistir.

El autobús llegó a la parada y el cielo se cerró aún más. El sol solo brillaba por su ausencia. Leo decidió volver a casa y protegerse de la lluvia con un paraguas. El peruano subió al bus.

—Ya te darás cuenta algún día de cuál de las dos realidades es más falsa —le gritó Leo.

4

Salió de casa con el paraguas abierto. Llovía. La marquesina le cobijó mientras esperaba el bus en la parada. Diez minutos después alcanzó el centro de Morley, la plaza del Town Hall. Allí, en uno del los edificios municipales, se encontraba el club de lectura, gestionado por una asociación sin ánimo de lucro y subvencionado por el Ayuntamiento.

Cuando Leo empezó a frecuentar el club lo hacía para pasar el rato. Las lecturas que se proponían eran casi siempre comerciales: *best sellers* con mucha intriga y poca sustancia. Pero con el cambio de coordinador la calidad mejoró. Y el público asistente también.

Benjamin, el nuevo coordinador, era un judío de padres británicos estudioso de la cábala y preocupado por la iniciación del espíritu. Leo y Benjamin mantenían profundas charlas sobre el tema. Y aunque discrepaban en muchos asuntos, aprendían mutuamente y solapaban sus conocimientos. Desde su encuentro con Leo, Benjamin estaba aún más preocupado por las lecturas filosóficas que por cualquier otra temática. El libro elegido la semana anterior era *Queer*, de William S. Burroughs. Un libro sencillo que narraba, por medio del *alter ego* del escritor, Bill Lee, un viaje iniciático en busca de ayahuasca, que conduciría a Lee y a su joven amado por las profundidades de las selva ecuatoriana. Lee pretendía acceder al alucinógeno para conseguir algunas de las propiedades mentales que aportaba, como la telepatía. La forma de control total, en opinión del escritor. En el fondo de la historia subyace una visión sobre el amor no correspondido. Porque, tanto para Burroughs, como para Benjamin, como para Leo, la energía más poderosa del mundo, la que más fuerzas es capaz de mover, la única que puede cambiar lo ya escrito, es la que genera el amor. El amor es la única arma que el ser humano tiene a su alcance para dominar las fuerzas de la naturaleza. Un hombre enamorado puede potenciar su voluntad con una fuerza que pocos entes poseen. El ser humano es, por lo general, un absoluto ignorante metafísico, pero desde el mismo instante en que ama se convierte en un elemento natural determinante. La fuerza espiritual que este sentimiento puede liberar es tan fuerte que perdura al margen del tiempo.

Estar enamorado era una sensación enterrada para Leo. Recibía y repartía amor a partes iguales, pero otro tipo de amor, un amor más humano, más cercano al mundo real, una especie de filantropía. Su preocupación por la naturaleza, sus buenas acciones, su gran corazón para con los más desfavorecidos. Leo tenía muchas formas de ofrecer amor, pero su intención era quemar el último cartucho de pasión, agotar las balas que le quedaban en la recámara. Y era el momento de hacerlo, pues era consciente de que no disponía de mucho tiempo, de que a su edad las cosas funcionaban de otra manera, de que no podía hacer nada para buscar a la persona que acompañase su espíritu en el tránsito y que, en caso de que eso sucediera, sería ella quien le encontrase.

El debate de la semana había sido pobre. *Queer* es un libro breve, un relato que casi nadie supo leer entre líneas. De las ocho personas presentes, tan solo Benjamin y Leo aportaron algo al debate. Las propuestas para la semana siguiente eran variadas, de entre las ocho obras sugeridas, debían elegirse dos por votación.

Descartaron *Lolita* porque cinco de los ocho miembros ya lo habían leído; descartaron *La isla* porque otro libro de Aldous Huxley, *Un mundo feliz*, había sido seleccionado dos semanas atrás; descartaron *Muerte en Venecia* porque muchos habían visto la película; descartaron *El péndulo de Foucault* porque alguien la tildó de novela historicista; descartaron *Trópico de Capricornio* por haber elegido ya otro de los trópicos de Miller como lectura de la semana; descartaron el *Ulises* por su complejidad. La votación se llevaría a efecto para elegir entre *Adiós a las armas*, de Hemingway, y *Crimen y castigo*, de Dostoievski. Leo propuso al americano. Benjamin al ruso. El volumen de *Crimen y castigo* fue decisivo para que la mayoría votara por Hemingway, que fue el elegido. A Benjamin no le pareció bien.

—Está bien, *Adiós a la armas* queda elegido como libro de la semana. Pero recordad siempre una cosa, sobre todo tú, Leo: Hemingway no es más que un simple aprendiz de maestro. Dostoievski es el maestro —dijo mirando a Leo.

Leo intuía que Benjamin se había ofendido, pues mostraba una competitividad absurda en el ámbito de la cultura. ¿Qué temía Benjamin?

Era un tipo de naturaleza manipuladora. Le gustaba conocer la psicología de la gente que le rodeaba para poder controlarlos, para tenerlos a merced. Durante el debate sobre la ayahuasca, afirmaba que le gustaría probarla para ver cómo funciona eso de meterte en la mente de los demás. Se imaginaba a sí mismo controlando la voluntad de los miembros del club de lectura. Si tuviera acceso a ello, Hemingway no habría sido el elegido de la semana.

Benjamin era escritor. Un escritor de tercera fila, pero un escritor que publicaba con cierta asiduidad y que tenía bastante reconocimiento en la región. Leo también escribía de vez en cuando. Relatos cortos, pensamientos, diálogos, conversaciones. Pequeños trozos de papel, sueltos y desordenados, componían su caótica obra. Una obra que posiblemente no viera la luz, pero que había conseguido hinchar la espiritualidad de su autor. Para él la escritura era un proceso místico, una elevación, un roce con la divinidad. Y tenía la teoría de que, por esa misma razón, muchos escritores se creen iluminados, tocados por una varita mágica. Como Benjamin. Pero Leo tenía la conciencia tranquila; estaba convencido de que el tiempo pondría a cada uno en su sitio y que a Benjamin le tocaría pagar, tarde o temprano, el peaje de todo su falso éxito.

Con un ejemplar de *Adiós a las armas* bajo el brazo, Leo se dispuso a coger el bus de vuelta a casa. Había dejado de llover y se encontraba hiperactivo, excitado, fuerte. Decidió cambiar de dirección y se subió a uno de los autobuses que conducen al centro de Leeds. Durante el trayecto leyó algunos capítulos En efecto, Hemingway no alcanzaba, ni por asomo, el genio de Dostoievski, pero, en cualquier caso, Leo se había salido con la suya. Se encontraba pleno; le apetecía competir con el resto de los mortales, por un día estaba dispuesto a comportarse como el prototipo de hombre occidental. Y tal vez fuera esa la única manera de conseguir lo que buscaba.

5

El autobús número 321 paró en The Headrow, frente a la biblioteca central de Leeds, junto al Town Hall. Ambas edificaciones articulan y estructuran el punto cero de la ciudad. Tanto por delante como por detrás de ellas se abren dos enormes espacios, en forma de plaza, que sirven de punto de encuentro, de centro neurálgico, de ágora. Cuando la selección inglesa de fútbol juega partidos importantes, colocan una pantalla gigante en la parte trasera, donde miles de fans se reúnen para compartir los éxitos y fracasos de su equipo nacional. Generalmente fracasos.

Accedió al edificio por la entrada frontal. Buscaba alguna edición de un viejo libro de 1212, *Liber Abaci*, del matemático italiano Fibonacci. Había leído mucho sobre las aplicaciones de la serie de números conocida como secuencia Fibonacci, pero no había leído el original.

En la biblioteca solo había un ascensor y las fastuosas escaleras le causaban fatiga, así que se dirigió a una de las terminales de ordenadores de la planta baja. No encontró lo que buscaba. Solo el famoso *Fibonacci Quarterly*. Pero se lo había leído dos veces. Una agradable mujer de su edad se dirigió a él cuando estaba a punto de abandonar el puesto informático. Leo trató de imaginar, en una fracción de segundo, cómo era ella hace treinta años. Debió ser hermosa.

—Perdone caballero, ¿usted sabe cómo funciona esto? —preguntó la señora.

—Digamos que estoy aún aprendiendo —contestó un Leo encantador.

—Busco dos libros, pero la desagradable señorita del mostrador poco menos que me ha llamado imbécil, por preguntarle.

—No se preocupe, yo puedo ayudarle. ¿Qué es lo que busca?

—Estoy buscando un libro de Joseph Stiglitz y otro de Stanislavski.

—¿Puedo saber si desea algún título en concreto, señora?

—No, solo quiero leer algo sobre economía y sobre interpretación. Y me interesan esos autores.

—Está bien, ¿sería tan amable de deletrearme los apellidos, por favor?

Leo notaba el *feeling*. Habían tenido solo unos segundos de contacto, pero sentía que la química les atraía a ambos por igual. Creyó ver su oportunidad. Tal vez fuera ella. Sí, tal vez fuera la mujer que esperaba, la que el destino le debía. Pero si todo estaba escrito, ¿debía forzar la situación o dejarla estar?

—Así que economía y teatro, ¿eh? ¡Qué mundos tan distintos!

—No se crea, señor...

—Carragher, pero llámeme Leo.

-Pues cómo decía, señor Leo, creo que de manera figurada tienen mucho que ver.

—Ja, ja, es cierto. A mí me encanta el teatro. De hecho trabajo en el teatro. ¿Querrá venir conmigo un día?

La mujer se quedó paralizada. Congelada. No supo qué responder.

—Bueno, sí... ya lo hablaremos... vengo mucho por aquí... ¿sabe? —acertó a decir—. Ya nos veremos, ahora me tengo que ir...

Definitivamente no era ella. Tal vez no existiese esa ella. Podía estar equivocado. Toda su teoría existencial, el trabajo de tantos años podría ser erróneo.

—Lo siento, señora, no pretendía ser tan directo —gritó Leo mientras ella caminaba marcha atrás en su huída.

Cuando uno va completando su ciclo y se acerca hacia la muerte, empieza a buscar respuestas a las dudas más profundas. Leo quería saber qué iba a ser de su alma. Estaba claro que su cuerpo estaba ya en las últimas, en unos pocos años no existiría más, pero tenía esperanza de que su alma perdurase. Y para hacerla inmortal pretendía encontrar el complemento que le faltaba. El *yin* y el *yang*, un círculo, una existencia en espiral en la que el concepto tiempo solo se incrementa cuando emerge, cuando los sucesos se van repitiendo desde el suceso anterior, a modo de suma. Por eso no podemos cambiar el tiempo, porque solo existe para englobar todo lo que está dentro de él. Es posible que la conversación con aquella mujer, a quien ni siquiera había preguntado el nombre, ya hubiera sucedido. No entre ellos dos, pero podría haber sucedido, de alguna manera. Y tal vez entonces, el rechazo hacia el hombre fue similar.

Reflexionando sobre todas estas cosas salió cabizbajo a la calle. Llovía. Agentes de Scotland Yard estaban levantando las alcantarillas y chequeando todos los rincones de la zona centro. En poco más de diez días, la cumbre del G-20 estaría en Londres. Intentaban evitar que las protestas de los grupos antiglobalización se estuvieran militarizando. Algunos de estos grupos, como el *Black Block*, funcionan como guerrillas callejeras y pueden llegar a poner en jaque a los cuerpos policiales. Como sucedió en Génova hace unos años. Leo detestaba la violencia, pero ideológicamente apoyaba a estos grupos. Los llamaba La Resistencia.

El sistema económico global es algo que siempre le había preocupado. Lo consideraba el cáncer de occidente. Las crisis no son más que un síntoma de la enfermedad. Margaret Thatcher ideó un plan que cambió la cara de nuestras sociedades. Reagan lo potenció. Los listos, los avariciosos y aquellos que estaban exentos de escrúpulos, apoyaron y fomentaron la conspiración. Pero la situación se fue de las manos. Se especuló demasiado. Y en plena era Bush el sistema quedó paralizado y listo para ser juzgado ante sí mismo por todas las injusticias cometidas.

A principios de 2007, Leo Carragher previó la caída del sistema financiero internacional gracias a uno de sus cálculos espacio-temporales. Según Leo, el liberalismo económico establece su movimiento sobre una serie de patrones que se van repitiendo indefinidamente. El sistema liberal es un círculo en el que todo depende de todo. Si los bancos no ofrecen créditos la gente solo puede gastar su dinero real, y tiene miedo de perderlo; entonces ahorra; y el consumo desciende; y con él los precios, lo cual repercute sobre las empresas, que despiden trabajadores, con lo que aumenta el paro... Y así progresivamente.

El capitalismo se retroalimenta de sí mismo, pero cuando engulle de más, con gula y avaricia, puede llegar a comerse vivo, como sucedió en 2008. Es un monstruo que debe estar controlado en todo momento. Se sabe cómo puede llegar a reaccionar pero no se sabe, o no se quiere saber, cuándo. Leo lo predijo. Una de sus ecuaciones le llevó a un punto de la espiral. Si consideramos el tiempo como una espiral por la que pasan la existencia y los sucesos que se dan en esta, podemos saber qué va a suceder en un determinado momento siempre que seamos capaces de entrar en la espiral justo en el momento que tal suceso pasa por ese punto concreto.

Crisis económica y financiera mundial en 2008. Esa fue la lectura que Leo hizo de su ecuación. Y a partir de entonces los pobres se convertirán en clase media. Y la clase media será más pobre. Y los estados comprarán fichas para tomar partido en el juego. Y los paraísos fiscales se esconderán en islas sin coordenadas. Y los bancos tendrán miedo de caer en el proteccionismo. Y, mientras tanto, la Thatcher seguirá bebiendo *scotch*. Tal vez así, con la revolución natural de la economía, llegará un mundo más justo, una reparación natural, una acción de la proporción áurea. O tal vez no.

Para Leo no era tan difícil ver venir ciertas cosas sin necesidad de ecuaciones matemáticas. Lo que no pudo ver de ninguna manera es lo que iba a suceder en el *West Yorkshire Playhouse* de Leeds el 21 de marzo de 2009. Allí vivió su indulto y se llevó la recompensa a tanto sufrimiento: seguir vivo tras aquella explosión.

6

Los británicos suelen almorzar a mediodía. Algo ligero que complete el desayuno de primera hora de la mañana. Un pasty artesanal es siempre una buena opción. Los que venden en las franquicias rebosan grasa. Leo prefería comer en casa. Parrillada de verduras fue su decisión. La tristeza vino a visitarle mientras ponía los vegetales en la plancha. Con sal pero sin aliño. Tan solos como él, a quien le hubiera gustado compartir ese almuerzo con alguien. Con aquel ángel que se encontró en la biblioteca. Alguien que a su edad aún se preocupaba por la economía, alguien sensible al teatro.

La función del día, *La muerte de Margaret Thatcher*, comenzaba a las nueve. Leo entraba a trabajar a las siete. Una ducha, unos poemas de Baudelaire y un *hot dog* precedieron a su marcha, un día más, hacia el *Playhouse*.

Dos horas después de que Leo entrase a trabajar, todo el mundo estaba acomodado ya en sus butacas. Luces fuera. La función estaba a punto de comenzar. Leo, en la parte de arriba, apagaba también su linterna y, de pie junto a uno de los vomitorios de salida, se disponía a contemplar la representación. El telón se fue izando y, al llegar arriba, la escena se iluminó.

Una explosión paró el tiempo.

Leo quedó inconsciente. No recordaba nada más. Solo el sueño que tuvo antes de despertar y ver a los dos policías hablándole: A la salida del teatro la señora de la biblioteca se acercaba a él por detrás y reclamaba su atención. Le pedía disculpas por su actitud y le decía que estaría encantada de ir al teatro con él. Leo, sorprendido, le ofrecía también sus disculpas por no haberle preguntado su nombre. La señora, tras esbozar una sonrisa, le susurraba su nombre al oído: Juliette.

Los enfermeros de urgencia confirmaron que el estado del paciente era estable y dijeron que, teniendo en cuenta el colapso de los hospitales, sería observado más tarde en la UVI móvil. Leo, ya completamente consciente, sabía que ninguno de los espectadores de la planta baja podía haber sobrevivido a esa explosión. Juliette. El nombre volvió a su cabeza.

Con semejante explosión algunos cuerpos podrían haberse desintegrado. Era un caos. Una especie de *Big Bang* interno. La incertidumbre convirtió a Leo en presa del pánico mientras era requerido por la Policía. Juliette. Necesitaba saber si ella estaba allí. Los agentes podrían darle información, seguro que tenían ya una lista con todas las personas que había en el recinto en el momento de la explosión. Pero ¿y si no se llamaba Juliette? En realidad no sabía su nombre, solo había soñado que ella se lo decía.

—Señor Carragher, en la hora previa a la apertura de puertas al público ¿vio entrar a alguien sospechoso, alguien que no debiera estar aquí?

Leo estaba aturdido, los oídos aún le pitaban con fuerza y el único pensamiento que habitaba en su cabeza era buscar a Juliette, si es que se llamaba así.

—Juliette, una señora alta, con el pelo gris. Una señora que un día fue muy hermosa, ¿la han visto? Por favor, necesito saberlo ¿han visto a Juliette? —dijo Leo inquieto.

—Tranquilícese, señor Carragher, estamos trabajando en ello —dijo uno de los agentes, el que hacía el papel de poli bueno-. Dentro de unos minutos tendremos la lista de espectadores. Estamos intentando identificar a todos.

—¿Le repito la pregunta, señor Carragher? —intervino el otro, el poli malo, con agresividad.

—No sé, señor, no sé... Yo no vi nada raro, nada que me

llevase a pensar que esto no era un día normal... Pero ahora no recuerdo mucho. Déjenme ir a la parte baja, luego les ayudaré...

—Señor Carragher, tenemos una situación de extrema urgencia y no me gustaría que nos hiciera perder más tiempo. Nadie puede ir a la parte baja, los sanitarios y los bomberos están trabajando en ella. ¿Va a colaborar con nosotros o no? —sentenció el poli malo con su pregunta.

—Yo no sé nada. Le digo que no he visto nada raro. Oí la explosión, me desmayé y no recuerdo más. No puedo decirle mucho.

—Este hombre tiene razón —intervino el poli bueno-. Ahora mismo está aturdido. No recuerda nada. Mañana le podremos someter a preguntas más sólidas. Ni siquiera nosotros contamos con información precisa.

—Está bien, mañana nos pondremos en contacto con usted —dijo el poli malo mientras se dirigía hacia las escaleras.

—Señor Carragher, se está procediendo a la identificación de cadáveres en el *hall* —le dijo amigablemente el poli bueno-, si quiere localizar a algún compañero o esa Juliette por la que pregunta baje conmigo. Pero, por favor, mantenga la calma o lo sacarán de la escena.

7

Se abrochó la camisa y buscó el zapato que había perdido durante la explosión. Una vez recompuesto, siguió al poli bueno escaleras abajo. Leo caminaba lento, con dificultades motrices. Comenzó a bajar sintiendo que su descenso era una metáfora, que Juliette estaba en el teatro, probablemente muerta.

—Ánimo, señor Carragher, seguro que esa persona a la que busca, Juliette, está bien.

—¿Cómo se llama usted?

—Llámeme Will.

—¿Sabe, Will?, conocer el nombre de las personas es importante. Asociamos los nombres con la personalidad de la gente que conocemos. Incluso a veces asociamos algunas caras con ciertos nombres. Los nombres son sugerentes, ¿no cree? Si oye el nombre de Lolita ¿qué le sugiere?

—Una jovencita rubia de la que muchos maduros se enamorarían.

—Eso es debido a que la Lolita más famosa de la historia, la creada por Nabokov, se ajustaba, más o menos, a ese perfil.

—Sí, es interesante, señor Carragher, nunca lo había pensado. Pero ¿por qué se le ocurre esta reflexión justo en estos momentos de desconcierto?

—Verá, he de hacerle una confesión.

Leo asió al agente Will por un brazo, instándole a parar, y le miró fijamente a los ojos

—Señor Carragher...

—No sé si la persona que busco se llama Juliette. He soñado que se llama Juliette, pero no estoy seguro.

—Bueno, pero, en cualquier caso, la conoce —dijo Will mientras reanudaba la marcha.

—Sí.

—¿Y está seguro de que se encontraba en el teatro?

—No —contestó severo Leo.

—Está bien, ya hemos llegado. Allí, en la esquina del *hall*, están llevando los cuerpos que están identificados. El levantamiento de cadáveres es un caos. Creo que se están saltando el procedimiento. Así que le conduciré allí y le facilitaré una lista de nombres femeninos. Acompáñeme.

La esquina olía a gas y a muerte. Sangre y pelo quemado se fundían en el aroma de la destrucción. Vas tranquilamente a pasar la tarde al teatro y en unos instantes ¡boom!, quedas reducido a un pedazo de carne inerte, chamuscada y lista para comer. Había carne para cualquier paladar coprófago. Al punto, muy hecha, poco hecha. Tanta fugacidad, tanta debilidad, llevaba a Leo a imaginar sus peores depravaciones, a esgrimir su humor más negro. Porque viendo aquello, la vida parecía un chiste sin ningún valor. Viendo aquello le entraban a uno ganas de vivir; pero no por alejarse de la muerte, sino por pasárselo mejor en vida, por reírse del engaño del mundo. El opio del pueblo, que decía Marx. Queremos vivir drogados, alejarnos de lo tangible. Unos toman drogas y medicamentos, otros se van al campo, otros practican deportes de máximo riesgo. Espiritualidad. El hombre sabe de la debilidad de su cuerpo e intenta fortalecer su alma, pero las trabas históricas son muchas y están aún muy presentes. Por eso, la única libertad alcanzable para Leo no se encontraba en los paraísos artificiales, sino en el pensamiento propio, del yo interno al yo común, del intelecto inferior al superior, hasta conseguir que un acontecimiento como el que acababa de ocurrir en su puesto de trabajo, le dejara con una sensación de indiferencia solo achacable al conocimiento previo de este hecho.

La lista era como cualquier otra, como la lista de los alumnos de una clase, o los convocados para un examen, o los votantes de una mesa electoral. Unos nombres y unos apellidos. Pero, en este caso, nadie iba a gritar ¡presente!

—No hay ninguna Juliette en la lista, señor Carragher, ¿se queda más tranquilo?

—No lo sé, podría estar dentro aún.

—Verá, yo tengo que irme, pero si lo desea puede quedarse aquí sentado, esperando nuevas noticias. Le mantendré informado.

Leo clavó la mirada en el último cadáver llegado tras el biombo que separaba la zona de los vivos de la de los muertos. Le faltaban ambas piernas, arrancadas de cuajo, y tenía un objeto metálico clavado en el estómago. La visión era espantosa y bella a la vez. Había algo en la cara de aquel muchacho que decía que había muerto con esperanza. Su rostro estaba intacto. Tenía la nariz vendada, pero, obviamente, eso lo traía de fuera. Por lo demás, tan solo unas manchas de sangre salpicaban su sonrisa. Era de aspecto mediterráneo. Leo descartó que fuera griego tras estudiar su perfil y dedujo que su frente no era italiana, ni su cabeza portuguesa; era un español.

—Álvarez, Francisco José Álvarez. Lleva D.N.I. español —gritó una de las auxiliares de enfermería.

Un gesto de satisfacción se dibujó en el rostro de Leo por un motivo doble: Francisco José había acogido la muerte con esperanza y él había acertado la procedencia del cadáver. ¿Qué es lo que llevaría a Francisco José a aquel teatro? ¿Habría venido solo? ¿Qué le trajo a Inglaterra pudiendo vivir en un paraíso como España? Leo no podía evitarlo, no podía resistir la tentación de crear una historia para aquel español recién fallecido. Estaba predestinado: de no haber muerto en el teatro lo habría hecho en la carretera o habría sufrido un cáncer fulminante. Tenía que creer, tenía que pensar que todo eso había valido para algo, que si un médium contactara con el alma del español notaría la carga energética que este ha dejado en su paso por Leeds, y por el mundo. Su importancia residía en las interrelaciones que se habían establecido entre él y todas las demás cosas; entre Francisco José y el cadáver de al lado, por ejemplo. Pero, ¿y Juliette?

Habían llegado dos cuerpos más, pero no estaban identificados. Eran dos mujeres. Los ingleses no tienen documento de identidad. Es algo que nunca han querido. La visión romántica se impone a la práctica. Pasarán horas hasta que alguien pueda identificar esos cadáveres, pensó.

Leo no fumaba, salvo marihuana, de vez en cuando, no solía fumar. Pero le apetecía echar un cigarro. A veces soñaba que fumaba, síntoma de ansiedad. Era una persona muy equilibrada pero situaciones como esta le provocaban desasosiego. Una sensación que no sabía controlar.

Se levantó de manera precipitada cuando vio el cuerpo de una mujer de unos sesenta y pico años con el pelo grisáceo. Tropezó con la mesa de los listados y los papeles cayeron al suelo. Sin mirar atrás abordó la camilla al grito de Juliette. Uno de los vigilantes de seguridad le pidió que se tranquilizara mientras lo apartaba del cadáver.

—Si no se está quieto tendré que pedirle que abandone esta sala, ¿entendido? —le dijo amigablemente el vigilante a Leo.

—Iliescu. Irina Iliescu — gritó la auxiliar.

Leo tomó asiento en el mismo lugar de antes. Aún quedaban papeles por el suelo, pero no tenía fuerzas ni para recogerlos. La situación le estaba sobrepasando. Tal vez fuera mejor irse a casa.

8

Personajes muertos en el teatro mientras representaban una obra debe de haber unos cuantos, pero para Leo solo existía Molière. Y su mito. Las causas de su muerte no estaban claras y la revolución francesa se había encargado de llenarla de romanticismo. Para Leo, la muerte del actor que yacía sobre la camilla tenía el mismo significado que la del mítico dramaturgo francés, que murió representado una obra paradójica: *El enfermo imaginario*.

Charles A. Jones, era el nombre al que respondía o había respondido ese cuerpo inerte durante sus poco más de cincuenta años de vida. Tal vez fuera tan hipocondríaco, como Molière. O tal vez no. Pero ambos tenían un destino común: morir en el escenario.

—Ramos, con pasaporte colombiano; Andrés Ramos —gritó la auxiliar.

Algunas zonas concretas de Colombia poseen la capacidad de desvirtuar por completo el valor que le damos a la vida en occidente. México y Colombia son dos de los países con más muertes violentas del mundo. La vida allí no vale nada. Por unos pocos pesos cualquier sicario te arranca la vida. Se respetan muy pocas cosas. Mujeres y niños relacionados con el objetivo a batir pueden estar también en el punto de mira. Sin escrúpulos, como si descerrajarles un disparo a bocajarro fuera la cosa más normal del mundo, algo parecido a robar una chocolatina en un supermercado; una simple chiquillada. Seguro que Ramos escapó de Colombia huyendo de la violencia. Seguro que cruzó México, llegó a Estados Unidos y vino a morir a la vieja Europa, donde no le esperaba la fortuna más allá de lo material del trabajo y el dinero que este pueda generar.

—Tiene en el bolso un *ticket* de tren. Leeds-Morley ida y vuelta. Seguramente trabaje allí —gritó de nuevo la auxiliar con su voz de *mezzo-soprano*.

El do sostenido con el que acabó la frase despertó a Leo de su ensueño. Un colombiano que trabaja en Morley. ¿No será el chico con el que hablé por la mañana en la parada de autobús?, pensó.

Se levantó a verlo con cierto nerviosismo, pareciendo olvidar que había sido amonestado hacía un instante. Se trataba de otra persona. Además, el de por la mañana era peruano y no colombiano, recordó. Pero, en cualquier caso, parecía una coincidencia; quizá se conociesen entre ellos, quién sabe si formaban parte de la misma comunidad latina.

—Ramtin —volvió a gritar la enfermera en su tono agudo habitual—. Ramtin. No tiene apellidos.

—¿Qué documento le acredita entonces, señorita Gainsborough? —dijo severa la señora Morgue, la doctora que confirmaba las muertes.

—Ninguno, doctora, lo lleva escrito en su camisa -contestó la auxiliar.

—Pero la camisa podría ser de su primo, señorita Gainsborough — dijo cortante la doctora—. ¿Su hermana va a venir a ayudarnos finalmente o no? Estamos hasta arriba, necesitamos apoyo.

—Sí, Doctora, Lilly está de camino.

Leo se levantó raudo. Tantas conexiones le estaban empezando a excitar.

—¿Lilly Gainsborough? ¿Es usted hija de Richard Gainsborough?

—Sí, soy la hija tonta. ¿Puede ayudarme? Ponga esta camilla en aquella esquina, por favor.

—Verá, su hermana, Lilly, era la doctora del centro social donde yo solía acudir a los talleres de escritura. Es una persona muy especial.

—¡Y que lo diga! ¿Puede poner la camilla donde le he dicho?, por favor.

Leo se encontraba en una especie de estado alucinatorio. Una ventana mental se había abierto en su corteza cerebral, y el contacto de su psique con todo lo que le rodeaba le producía una especie de inducción al éxtasis que le llevó a mover la camilla con gran lentitud. De haber conducido un coche, habría tenido un accidente. No frenó a tiempo y chocó contra la pared, provocando que uno de los brazos del cadáver se descolgase. Una pequeña libreta de notas cayó al suelo.

—¡Tenga cuidado con lo que hace! -le gritó enfurecida la doctora Morgue.

Se trataba de una libreta de menos de una cuarta con las pastas amarillas. En la cubierta tenía escrito el nombre de un distrito de Leeds, LS6, junto al del propietario del cuadernillo: Ramtin. Al parecer y contradiciendo a la doctora, Ramtin no llevaba ropa prestada. Leo abrió la libreta por detrás y en la última página vio escrita una dirección: LS6 Bar, 16 Headingley Lane, LS6, 2AS. Guardó la libreta en uno de los bolsos de su pantalón y se incorporó de nuevo.

Seguía siendo una rubia despampanante. Estaba entrada en años y también en carnes, pero eso no evitaba que todo el mundo la mirase. Llegó muy aprisa, parecía capaz de mover el aire, de alterar la energía estática. A Leo se le pusieron los pelos de punta. Algo extraño estaba pasando allí. En muy poco tiempo se habían dado una serie de sucesos de posibilidades infinitas que en algún momento tendrían que reducirse a cero. Lilly tenía cara de preocupación. Leo permaneció en su sitio para no saludarla. Era una rubia de charla agradable. Pero había algo en ella, una especie de pulsión negativa, que provocaba que Leo la viera como una mujer peligrosa, capaz de conducir a cualquier hombre a la ruina. Intuía que tenía problemas con las drogas y que su padre la estaba controlando. Sus constantes visitas al centro social le inducían a pensarlo. Un hombre de negocios de la importancia de Gainsborough no perdería tanto tiempo en visitar a su hija si no tuviera algún interés en ello.

La doctora cogió una bata y se calzó unos guantes de látex a toda velocidad. Tras una pequeña discusión, provocada por un conflicto de intereses cargado con tintes de ego femenino, con la otra doctora, se dirigió a la zona donde se iban almacenando los cadáveres. Leo la observaba con atención.

Su cara empezaba a mostrar los primeros síntomas de fatiga. Flacidez y bolsas eran su marca temporal. Las cremas de farmacia pueden trucar ciertas zonas, pero el cuello no engaña. Su rostro cambió de repente tornándose aún más pálido; exangüe. Una faz desencajada cuyos ojos definían por sí solos el significado de la palabra terror. Lilly conocía a alguno de los fallecidos. No podía ser otra cosa. Para ser exactos, conocía a dos de los fallecidos. El español y el colombiano. Víctima de la histeria y la rabia, juntó las camillas de ambos y se colocó en medio, en cuclillas, abrazando a cada uno con un brazo. Una imagen bastante tétrica. La cabeza gacha disparaba sus lágrimas hacia el suelo, como si se tratase de una fuga de agua. Gritaba. La todopoderosa doctora y psicóloga, aquella que tantos corazones había roto, estaba hundida. Por primera vez parecía que podía sentir algo, que tenía capacidad para hacerlo. Su filosofía era no inmiscuirse en sentimientos menores y potencialmente malos, como el del amor. En sus propias palabras, saber querer no significaba tener que querer. Prefería ver las cosas desde fuera, desde la objetividad de su psicología totalitaria. Y ahora se había dado cuenta de algo, de algún error, de algún equívoco cometido. O quizá, simplemente tenía miedo. Miedo de que el destino tuviera reservado para ella un final tan cercano como el que esas dos personas con las que se había cruzado en su camino. Lilly sabía mucho de eso y tal vez llorara por sí misma, por la rabia de haberse creído un ser superior que levitaba sobre nuestras cabezas. Pero las cosas cambian, y en aquel momento el suelo era su tope, el freno a sus lágrimas de princesa encerrada en un castillo.

9

Los cuerpos seguían llegando y los sanitarios no daban abasto. A Leo le rogaron que saliese de la zona acotada y accedió sin oponer resistencia. Las posibilidades de encontrarse con Juliette se desvanecían. Afortunadamente no parecía estar allí. Le apetecía fumar, cualquier cosa, lo que fuese. El dramatismo inicial de la escena dejaba paso al bajón, que humedecía los conductos y engrasaba las bisagras. La mente comenzaba a reaccionar, a darse cuenta de lo que acababa de ocurrir. Y el cuerpo respondía con lágrimas, con tristeza, con necesidad de nicotina. Había estado soñando desde que los agentes le despertaron. Juliette, o como se llamase, no estaba allí. No tenía por qué estar. Era un acto reflejo de su mente.

Dejando atrás el olor a quemado de los cuerpos, puso rumbo a la calle. Allí respiró aire y le pidió un cigarrillo a una joven. Parecía preocupada, es posible que buscara a algún ser querido o que lo hubiese perdido ya. No pudo evitar dirigirse a ella.

—¿Estás bien?

No contestó.

—¿Buscas a alguien?

La chica, con el rostro desencajado, tras negar en primera instancia, corrigió el movimiento de su cuello y asintió con suavidad.

—¿Puedo ayudarte?

—Es un actor — dijo muy bajito.

¡Vaya!, pensó Leo, los actores que estaban en el escenario no han sobrevivido.

—Algunos miembros del reparto están bien —dijo para consolarla.

Cuando levantó la cabeza para observar la reacción de la chica, la pantalla de sus ojos fundió a negro mientras una voz en off irrumpía a todo volumen en la escena.

—¡Marisa! ¿Dónde está Fi pequenho? —dijo la voz en *off*— ¿sabes algo, Marisa?

Leo dio dos pasos hacia atrás y entonces entendió la escena: un negro enorme se había interpuesto entre él y la chica, que se llamaba Marisa. Era un amigo de esta que buscaba a otro amigo común de ambos, el actor.

—*Naõ so, Carlos, ainda naõ* —dijo ella casi sin fuerzas.

Esta chica bebe los vientos por el tal Fi pequenho, pensó Leo mientras se retiraba de la escena. Se imaginó cómo sería la relación entre Marisa y Fi pequenho, cuál sería su nivel de amistad, de complicidad, de compenetración. Pensaba cuánto quería Marisa a su chico, al actor. Leo necesitaba sentir lo mismo, pero también era capaz de disfrutar con las pequeñas cosas, viendo el amor que se profesaban los demás. Y en esos momentos, observando a Marisa y al gigantón Carlos, se estaba dando cuenta de muchas cosas: respuestas que acudían a su mente sin haber preguntado por ellas, claves, llaves que abren puertas. Leo no pensaba, sentía. Todo lo que vive bajo el sol es agraciado porque la espiritualidad es lo único a lo que aspiramos una vez que no necesitamos el astro rey para vivir. Respirar aire fresco y fumar un cigarro son cosas tan contradictorias como necesarias. La imperfección es la vida. El teatro había explotado junto con el mundo. Porque este explota cada día.

10

Yo acabo de morir, pensaba Leo, y por eso puedo formar parte del todo, de Marisa y Carlos, de Lilly, del español y el colombiano. La eternidad, la unión de nuestro ser con todo lo que forma el universo, solo puede darse con un complemento. De la unión física a la espiritual, desde que el hombre entra, literalmente, en otro cuerpo, hasta que sube a lo que llamamos Cielo. No sé si la vida me va a pagar todo lo que me debe, del mismo modo que desconozco si podré alcanzar la eternidad que tanto he ansiado, pero si no encuentro mi complemento, solo espero que algún alma me deje ayudarle. ¡Por favor, que aparezca Fi pequenho!, gritó Leo.

Al ver la reacción de Marisa y Carlos, corriendo hacia una de las camillas que se dirigían a las ambulancias, Leo se dio cuenta de que Fi no era tan *pequenho*. Se trataba de Filipe, un actor de la compañía. El gran Carlos se abalanzó sobre él y a punto estuvo de volcar la camilla. Unos auxiliares lo apartaron del herido, que levantó su dedo pulgar para tranquilizar al entorno. Leo se alegraba mucho por Filipe; era un gran tipo que estaba perdido en el mundo. Quizás esa chica, Marisa, pudiese enseñarle el camino. A Fi lo metieron en la ambulancia mientras Marisa y Carlos se abrazaban y Leo sonreía para sí. Había llegado el momento de irse a casa.

El humo, las luces naranjas y las sirenas ambientaban una escena de película. Leo abandonaba el lugar de los hechos como un actor de reparto que deja el estudio lamentándose de su bajo estatus. Le dolía. El mundo, que quería disfrutar hasta que este le considerase innecesario, le dolía más que nunca. Ya ni siquiera se preguntaba por qué. Solo quería abandonar la escena y despertarse horas después pensando que todo había sido un mal sueño. No quería contar el número de compañeros muertos en horas de trabajo. Quería darle a un botón y apagarse, formatearse, limpiarse y empezar de cero al día siguiente.

Del mismo modo que siempre se puede aspirar a algo mejor, también se puede aspirar a algo peor. No se había equivocado: Juliette estaba allí, viva. Caminaba junto a un hombre por la acera de enfrente, en los estertores de The Headrow. Se dieron la mano, luego un abrazo y después... dos besos. Leo respiró. Adiós, Steven, descansa, la oyó decir antes de cruzar la calle para abordarla.

—Señora, ¿está usted bien? —le dijo sin saludo ni introducción.

Ella giró el cuello muy lentamente y se sorprendió al verlo.

—¿Se acuerda de mí, de la biblioteca? -volvió a intervenir Leo.

La señora cambió radicalmente el rostro, que de un verde parduzco pasó a un blanco radiante. Era ella, un ángel que abría los ojos para mirarle como una niña que está descubriendo el mundo.

—¡Señor Carragher! -dijo en una suerte de estado de *shock*.

—¡Vaya! Veo que me ha reconocido.

—Señor Carragher, verá, ya sé que no es momento, que acaba de ocurrir toda esta catástrofe en el teatro, y que, por lo que veo, usted también estaba dentro, y... todo es muy confuso... pero llevo todo el día pensando en nuestro encuentro en la biblioteca. En lo tonta que fui, en la vergüenza adolescente que sentí sin tener razones para ello.

Leo no daba crédito a lo que estaba oyendo. Esta vez había acertado sin necesidad de fórmulas matemáticas. Lo que no esperaba es que el estado de shock soltara tanto la lengua de aquel querubín.

—Señor Carragher, no sabe cuánto he soñado durante el día de hoy en encontrarme con usted, aunque solo fuera para pedirle disculpas por no decirle ni siquiera mi nombre...

—Juliette, ¿verdad?

—Julianne, me llamo Julianne.

—Uf, el margen de error ha sido muy pequeño -pensó Leo en alto.

—¿Perdón, señor Carragher?

—Leo, llámame Leo —dijo—. Espero que no se asuste si le pido que me permita acompañarla a casa.

—No, claro que no. No cometeré el mismo error que esta mañana... Pero vivo un poco lejos...

—¿Dónde?

—En LS6, en Headingley.

—Perfecto.

—¿Usted también vive allí?

—No, pero hay una tetería llamada LS6 que, creo, es el principio y el final de todo.

LS4

1

¿Hoy empieza la primavera?, le preguntó a Filipe la mulata de nombre desconocido que yacía junto a él en la cama. El *display* del despertador rezaba: 09:00 – 21/03/09.

La noche había sido larga. Una especie de coctel explosivo que contenía un desafortunado encuentro con su ex, una pelea con un grupo de ingleses, un flirteo con un compañero de trabajo y, finalmente, un *affaire* con una mulata desconocida que era la amante de su profesor de baile.

Al despertar le pareció tener cientos de agujas clavadas por encima de los ojos. Cerveza. El problema estribaba en beber tanta cerveza. Llega un punto que te hincha el estómago y te bloquea el cerebro. Un punto en el que no paras de orinar ni de hacer tonterías propias de un borracho profesional. Detestaba meterse en tantos líos.

Se miró en el espejo y vio su rostro deformado por la hinchazón de uno de sus ojos. No recordaba tenerlo así al llegar a casa. No recordaba cuándo se fue a la cama. Y lo peor: no recordaba el nombre de la mulata que estaba a su lado. La miró otra vez, buscando la inspiración, un nombre con el que asociar aquella cara y aquellas tetas tan bien colocadas. Nada. Sabía que era un nombre latino, un nombre que le recordaba a alguna actriz de ascendencia hispana, pero no le venía a la memoria. El problema más inmediato que tenía era la manera de dirigirse a ella y pedirle que abandonara su casa. Podría echar otro polvo antes de despedirla, sus pechos merecían la pena, pero ya no estaba borracho y se estaba empezando a cansar de acostarse con cuerpos sin nombre, con carne sin sentimientos, con coños despersonalizados. Filipe empezaba a necesitar algo más, quería saber cómo se hace el amor cuando hay amor, cuando una pareja siente lo que está haciendo como la consumación física de un sentimiento y no como la consecución de un instinto animal primitivo. A sus treinta y tres años, Filipe se había cansado de su vida de artista exitoso, cosa que por otro lado no era, y buscaba algo más allá de la pura banalidad, de lo frívolo de sus relaciones, de su incomunicación endémica. Le asolaban las primeras dudas sobre su capacidad para amar.

Volvió a mirarse al espejo. La hinchazón, lejos de remitir, aumentaba. Por la tarde tenía que trabajar, aunque un buen maquillaje y los focos disimularían su ojo morado. Ser actor no es fácil, siempre tienes que dar la cara, y te la pueden romper. Aunque él, en realidad, no era actor, sino bailarín. Filipe fue formado en danza desde muy pequeño. Primero en Angola, su país natal, y luego en Portugal, su puerta de entrada a Europa. Tras conocer el éxito y los placeres de la vida del artista, había decidido avanzar profesionalmente, y se había volcado en la interpretación. Poco después fue seleccionado para un pequeño papel secundario en una obra que estaba de gira por las islas: *La muerte de Margaret Thatcher*. Y se encontraba feliz con su nueva aventura. De lo que no estaba tan satisfecho era de su modo de vida. Cada noche, al acabar la función, la compañía salía de fiesta. Mujeres hermosas, reservados VIP, orgías, drogas... El tipo de vida al que muchos niñatos con tendencia a la idolatría sueñan para sí, era el que Filipe había llevado durante toda su estancia en Gran Bretaña. Y ahora se sentía vacío, frágil, etéreo, a punto de salir volando ante cualquier ráfaga de viento. Buscaba algo más, necesitaba saber qué es el amor, y necesitaba hacerlo cuanto antes. Con una mujer, preferiblemente. Filipe era una especie de bisexual, no le atraían los hombres, pero para él el sexo era sexo.

Sacó del armario los útiles de afeitado y se dispuso a quitarse la poca barba que le había crecido desde el día anterior. El guión le obligaba a afeitarse diariamente. Un móvil con un politono de Cesárea Évora como melodía comenzó a sonar. Era el teléfono de la chica que aún dormía en su casa. Filipe entró desnudo en la habitación. Pero se paró en seco al darse cuanta de que no podía dirigirse a ella por el nombre. La mulata era preciosa. Recordaba su profesión, peluquera, pero era lo único que sabía de ella. La morena se desperezó con dificultad y rodó sobre la cama hasta alcanzar el borde y descolgar el teléfono. Estaba a un volumen altísimo; tanto que Filipe pudo escuchar la voz que había al otro lado. Esta gritó el nombre de la chica y por fin se hizo la luz: Marisa. Su nombre era Marisa. Laguna seca. Filipe había bromeado con su nombre, la había llamado Marisa Tomei varias veces a lo largo de la noche.

La voz que hablaba al otro lado de la línea parecía muy enfadada. Hablaba en portugués, un portugués de Cabo Verde. Marisa contestó que se había quedado dormida, que lo sentía mucho y que en menos de quince minutos estaría allí. *¡Fodes! ¡Carajo!*, gritó enfadada mientras se levantaba como un resorte.

—Me he quedado dormida —dijo.

—¿Dónde trabajas, cielo?

—En una peluquería, cerca de Albion Street.

—Está aquí al lado, no tardarás mucho.

—Necesito una ducha para despertar y limpiar el alcohol que estoy destilando. ¿Te importa?

—No, claro, que no... eh... Marisa, cariño...

—Mm, veo que ya has aprendido mi nombre.

Aquella descarada y valiente caboverdiana le estaba empezando a gustar. Tal vez fuera ella eso que estaba buscando.

—Marisa, corazón, ¿Quieres ir a verme actuar en el teatro esta tarde?

—No, odio los teatros. Me deprimen, me huelen a mentira. Yo necesito mis dosis diarias de realidad, y hay pocas cosas que me saquen de ella.

Filipe se metió con ella en la ducha e hicieron el amor. Sí, al menos para Filipe, lo que hicieron dentro de la ducha fue amor.

Ella salió corriendo y él la despidió desde la ventana. Al girarse para volver al baño, se percató de que la mulata se había dejado el móvil encima de la cama. Una buena excusa para volver a verla.

2

En ocasiones se acordaba de su familia biológica. Llevaba muchos años adaptado a las costumbres europeas y sus recuerdos africanos eran cada vez más difusos, pero a veces recordaba su niñez en Luanda: el mar, el puerto, las calles atestadas de gente. Filipe nació con la guerra ya empezada. No sabía nada del conflicto, ni de la caída del imperio portugués, ni de la Revolución de los Claveles, ni de la posición de Cuba, La Unión Soviética, Estados Unidos y Sudáfrica, en la guerra de su país. Pero sabía que su continente quedó herido de muerte cuando los colonizadores decidieron abandonarlo a su suerte. Cualquier estado precisa una transición política cuando su sistema de gobierno cambia. Pero los países africanos empezaron de cero sin tener recursos para ello. Los belgas abandonaron Congo dejando un país construido con tiralíneas en el que convivían más de cuatrocientas etnias distintas. Poner de acuerdo tanta pluralidad solo era posible utilizando la más drástica de las vías: la dictadura. Mobutu creó un sentimiento de país y de unidad a cambio de un régimen y un puñado de conflictos que aún colean. Las guerras europeas, aunque sean largas, como la de los Balcanes, acaban con la intervención internacional. Pero los africanos no resultan una amenaza para los fuertes, y nadie quiere mediar en sus conflictos. Como tantos sitios, África fue campo de pruebas de la Guerra Fría, pero ni OTAN ni ONU tuvieron agallas de meterse en Uganda, cuando los Hutu decidieron exterminar a toda la etnia Tutsi. No les interesaba. Poco más de trescientos cascos azules se mantuvieron en la zona del genocidio, donde todo valía. Un conflicto de odio visceral que, además, ha desplazado el problema hacia el Congo, donde se sigue guerreando lentamente en lo que se ha dado en llamar la Guerra Mundial de África. Coltán, diamantes, petróleo. Cualquier recurso es bueno y barato para las grandes compañías occidentales, a quienes le importa bien poco que sean sus propios intereses los que rebajen aún más el valor de la vida de los africanos.

A principios de los años noventa, cuando Filipe contaba con trece años, emigró con su padre a Portugal, que acababa de adherirse a la Unión Europea. Las calles de Lisboa estaban llenas de población colonial: mozambiqueños, caboverdianos, angoleños, guineanos. Allí conoció a su primo Carlos. Un negro enorme que trabajaba de cocinero en un restaurante español de Alfama.

Una noche, mientras caminaba por las calles del barrio en busca de trabajo en algún restaurante que admitiese a un ilegal de trece años, Carlos se cruzó en su camino. Filipe solía rastrear las calles traseras de los restaurantes. En una de ellas, un grupo de pandilleros angoleños intentó asaltarle. Sabían que no tenía dinero, así que les bastó con tirarlo al suelo y propinarle unas cuantas patadas en los riñones. Filipe tuvo miedo de verdad, tanto que no fue consciente de que sus esfínteres se abrían de manera autónoma. Creyó que iba a morir. En ese momento, Carlos Dos Santos, un tío enorme con acento angoleño, vio lo que sucedía mientras tiraba la basura en el callejón. La noche era húmeda en Lisboa y el suelo estaba demasiado frío para el pequeño Filipe. Pero Carlos estaba caliente, muy caliente. ¡Y encima a un compatriota!, le oyó decir antes de verlo repartir unos puñetazos de película.

—¿Estás buscando trabajo, *irmaõ*?

—*Sí, mas naõ posso trabalhar. Ainda sou pequenho.*

—Puedes trabajar aquí unas horas al día, poco... pero te pagan dinero negro y todos contentos ¿eh?

Aquella noche Carlos se convirtió en el padrino de Fi pequenho, como lo apodó, y este nunca volvió a sentirse solo. Meses después, Carlos, todos sus hermanos y su madre, decidieron emigrar a Inglaterra en busca de más ingresos. Portugal daba trabajo, pero no daba dinero. Fi pequenho, ahora no puedes venir con nosotros, pero prometo escribirte pronto y decirte cómo y cuándo puedes venir, le escribió en una nota. Parecía la típica despedida de consolación. Fi se quedaría solo en Lisboa, sin la protección de los Dos Santos, mucho más familiar y cercana que la de su propio padre, que se había ido a Oporto a vivir con una mujer y le mandaba una mísera paga de vez en cuando. En el hogar de acogida tenía un techo donde dormir, por lo menos hasta que fuese mayor de edad, pero detestaba la comida y echaba de menos a los Dos Santos.

Con el paso de los años se dio cuenta de que el valor más importante de Carlos, más allá de su enorme corazón, era la palabra. Carlos tenía palabra. Le escribió seis meses después. En la carta le rogaba paciencia, le daba sus datos postales y le decía que en cuatro o cinco meses tendría que volver a Portugal, a por su tía materna, que se había quedado viuda. Y así fue.

Un extraño viaje desde Lisboa hasta Santander fue la iniciación a la verdadera Europa. Y a la vida. Tras un largo trayecto en un tren que le recordaba a los *Western* que emitía la *RTP* los sábados por la tarde, Fi pequenho logró cruzar una nueva frontera, la de España. Los compartimentos eran una especie de carroza en la que se hacinaban entre seis y ocho personas con sus respectivos equipajes. El tren-diligencia paró en un pueblo fantasma de algún lugar cercano a la frontera con España. Pampillosa. La localidad se llamaba Pampillosa. Allí debían esperar más de cuatro horas por otro tren que les condujese a Salamanca. Y hacía frío.

Tardaron una semana en ir de Salamanca a Santander. La tía de Carlos enfermó y fue ingresada en el hospital de Zamora, en el que pernoctaron y comieron gratis durante varios días. Y desde aquella odisea, Carlos y, de algún modo, su familia, han sido sus únicos apegos afectivos.

3

La comunidad negra es numerosa en Leeds. La mayoría procede de colonias británicas, especialmente Zimbawe, pero también hay mucha gente de Botswana, Malawi, Zambia o Ghana, sin olvidar a los caribeños, los pioneros. Chapeltown es el barrio con mayor población negra. Se extiende por una colina al noreste del Leeds *city centre* y desde allí se puede contemplar la ciudad en toda su extensión, que es mucha. Los barrios residenciales de casas bajas se expanden a largo de decenas de millas a la redonda, uniendo unas poblaciones unas con otras, sin separación. Digamos que el área metropolitana de Leeds llega casi hasta Sheffield.

Leeds se desarrolló como ciudad gracias al comercio de lana, su expansión fue tan rápida que a mitad del siglo XIX ya había absorbido poblaciones cercanas como Morley. Con la construcción del canal Leeds-Liverpool, que aún existe, y la llegada del ferrocarril, llegó la explosión industrial de esta metrópolis de casi ochocientos mil habitantes. Leeds se ha consolidado como ciudad moderna capaz de adaptarse a tiempo real a todos los desafíos del desarrollismo. Prueba de ello es que fue la primera urbe del mundo en instalar semáforos automáticos, en 1928. Del mismo modo que fue la primera en tener cobertura total de banda ancha. Nadie viene a Leeds de turismo. Estudios, negocios, servicios, compras... cualquier cosa que represente movimiento y fugacidad. No obstante, es una ciudad que se deja conocer lentamente y de cuya fragancia te puedes enamorar. Hay barrios del centro, edificios naranjas con escaleras de emergencia, que recuerdan a las calles de Boston; hay una *city* de negocios que se ha convertido en un gran enclave de reuniones y eventos; hay cuidados canales cercanos al río; hay museos y parques temáticos; hay vida. Un paseo a la vera del río Aire o una tarde de compras en su centro comercial abierto pueden ser una buena excusa para dejarse llevar por la vitalidad de esta ciudad donde se cruzan todos los caminos.

Chapeltown está en el distrito LS7. El preferido de Filipe es el LS6, donde hay más cultura alternativa, más *house party*, más estudiantes, más etnias, más locales, más hierba... Pero sobre todo, es un distrito que se asemeja más a cualquier otra ciudad europea, pues tiene más unidad. Muchas calles residenciales poseen negocios, a diferencia de otros barrios, donde estos solo pueblan las partes comerciales.

Recién llegados a Leeds, Carlos y Filipe vivieron en Beeston, al sur. Por lo general, los barrios del sur son más pobres que los del norte. O eran, porque la cosa está cambiando. Pero rápidamente se mudaron a Chapeltown. Allí se sentían más protegidos. Beeston era un coñazo. Parecía el típico pueblo fantasma que tiene poco más que la carretera principal y las casas que la flanquean. En Beeston existe una zona comercial con tiendas, pubs y supermercados... y casas de apuestas, pero el mayor interés del distrito es el estadio de Elland Road. Los días de partido eran lo mejor de la semana.

Uno de esos días de partido, allá por 1994, Filipe y Carlos se acercaron a Elland Road. Durante un espectáculo del descanso, el *speaker* pidió voluntarios menores de veinte años para una coreografía improvisada sobre el terreno de juego. A Filipe lo eligieron para la parte más atlética. Dos mortales y un tirabuzón con una buena salida, le sirvieron para ser seleccionado por la coreógrafa para las pruebas de su club de danza.

El Leeds United ganó gracias a dos goles del sueco Thomas Brolin. Pero el héroe de la tarde no era escandinavo, sino angoleño. Y estaba a dispuesto a sacrificar todo con tal de aprovechar la oportunidad de su vida.

Duros entrenamientos, llantos, bajones, perdidas de autoestima, todo eso tuvo que soportar Fi pequenho durante su adolescencia. Los entrenamientos eran duros y los retos cada vez más grandes. No había tiempo para nada, solo para entrenar, para bailar, para triunfar. Los amigos, las salas de videojuegos, los partidos de fútbol, las chicas. Nada. Fi pequenho era un niño de cristal a quien sus entrenadores protegían como a una estrella del fútbol. Carlos y su familia eran conscientes de que el esfuerzo podría ser contraproducente para el chico, pero su siempre difícil situación económica unificó voluntades para que Filipe no desfalleciese. Con diecinueve años bailaba con una de las mejores compañías de Gran Bretaña y viajaba por toda Europa. Para entonces ya tenía su sitio. Además de trabajar, tenía tiempo para salir, para conocer la noche, para codearse con gente importante, para probar ciertas drogas, y ciertas camas, y, en definitiva, para recuperar todos esos años en los que solo había vivido para la danza.

Con veinticinco llegó el momento del reciclaje, si seguía en la compañía podría estancarse. Tenía dos opciones: formarse en música o en interpretación. Llevaba toda la vida en un rol que le había tocado y que le permitía tener un estatus mejor que el de su entorno y sus compatriotas, pero no sabía nada de la vida. Eligió la interpretación.

4

Marisa Tomei, o Marisa la peluquera, se había ido, y Filipe tenía ganas de dormir un rato más. Pero no pudo conciliar el sueño. Puñetazos y una visión teñida de sangre acudían a su mente. No se acordaba del suceso. Tenía una laguna enorme que se extendía a casi toda la noche. Había perdido los papeles con la bebida. Esta gente del teatro no se anda con bobadas. Son farándula pura, conocen a todo el mundo, a los dueños de los locales, a los camellitos, a las mujeres más... dispuestas. Filipe vivía en una nube desde hacía tiempo. El hecho de no haber tenido una vida lineal, donde las cosas se van aprendiendo paso a paso y a su debido tiempo, le hacía descubrir el mundo a golpes. Hacía poco que había llegado a la conclusión de que enrollarse con sus compañeras de trabajo era peligroso. Por eso eligió a Marisa para aquella noche.

Intentaba evitarlo a toda costa, pero no podía capar su propia naturaleza, solo podía poner empeño en limarla. Era consciente de su potencial como amante. Cantidad y calidad le avalaban. No solía salir con nadie más de dos o tres noches. Evitaba involucrarse, rodeaba los sentimientos. Sus únicas ambiciones eran mantener su puesto profesional, la envidia de toda su comunidad, y ser lo más feliz posible. Tenía sensibilidad y alguna vez creía haber sentido algo por alguien, pero era un recuerdo apolillado que prefería no remover. Había estado en orgías y se había acostado con el director de *casting* de una superproducción de Hollywood que le prometió un papel secundario en la película. Pero Fi no pasó el corte. Y se sintió más *pequenho* que nunca. Amargado, humillado. Desde entonces solo se acostaba con mujeres. Su fantasía favorita llevaba tiempo sin cumplirse. Sus proporciones viriles provocaban el rechazo de la mayoría de féminas, que no conseguían dilatar lo suficiente, ni siquiera con lubricantes. Para Fi la penetración anal era el sometimiento total. Le otorgaba poder para manejar otro cuerpo desde el interior de este, le provocaba un estado místico Orishas, una especie de sentimiento tántrico, el hedonismo en el que buscaba su felicidad. La única meta, su constante, su fin.

Marisa había accedido al anal. Y había dilatado bien. Para Fi fue algo especial. Más allá del coito sintió algo distinto. Ese pelo fuerte y esos ojos morenos pararon el tiempo para él, para ser solo Eso, el centro del universo.

Por la mañana, tumbado sobre la cama, viendo llover, su mente se iba aclarando y pensaba que, al fin y al cabo, había sido maravilloso.

Lo bueno de ser artista es que no tienes que fichar. Las mañanas son para disfrutar. Para jugar a la Play, ver la tele, salir un rato, ir al cine, pasear, comer por ahí... La gente no debería emplear tanto tiempo en trabajos alienantes de oficina. Ficho y vuelvo a fichar. Y así durante cuarenta años. Piensas y te consuelas: al menos salgo a las tres, no es un trabajo difícil, hay buen ambiente laboral. ¿Y qué? Es una obligación, es una actividad que debes realizar si pretendes aspirar a algo dentro del sistema. Si no tienes unos ingresos constantes, los gastos acabarán por engullirte. Filipe se consideraba el hombre más afortunado del mundo. Vivía de algo que le gustaba. Carlos y las demás personas de su entorno trabajaban duro para pagar facturas, alquileres y comida. Lo poco que ahorraban lo enviaban a Angola. Pero el precio que Filipe había pagado por llegar hasta donde estaba era bastante más alto que todas las facturas de su comunidad de vecinos juntas. Pensaba que había merecido la pena, pero era consciente de que le faltaba algo para completar esa felicidad relativa de la que hacía gala con su sonrisa. Intuía que, más que faltarle algo, le sobraba. Quería quitar lastre, desprenderse de la coraza que le acompañaba, del escudo que vestía para protegerse. Pero no de aquellos que pudieran hacerle daño, sino de sí mismo. Filipe tenía una patología muy común en la sociedad moderna: tenía miedo a amar.

El cielo parecía calmarse para homenajear la llegada de la primavera. Pensó en salir de casa. Pero debería hacerlo cuanto antes. Decidió quedarse. Las sábanas volvieron a absorberle. Estaba a punto de dormirse cuando sonó el teléfono. Carlos estaba pasando una mala racha económica. Filipe ya lo sabía. Su hermana había tenido un niño y cada vez le era más difícil acometer gastos. Fi estaba dispuesto a darle una generosa cantidad de libras.

—No pretendo que me las devuelvas, hermano —le dijo Fi por teléfono—. De verdad, Carlos. Tú me salvaste la vida, es lo mínimo que puedo ofrecerte.

Quedaron para la entrega en una de las calles comerciales media hora después de la llamada. En un *Starbucks*.

Debían de ser las diez menos cuarto y Filipe ya paseaba su cara hinchada por las calles peatonales del centro de Leeds. Llegó al lugar concertado antes de que lo hiciera Carlos. Cosa rara. Esperaba que no le hubiera pasado nada. Aunque, en realidad, a Carlos nunca le pasaba nada, era un prodigio de la naturaleza. Instantes después hizo su aparición eclipsando a todos los demás clientes.

—*Sí, irmaõ, tudo bem*. Es que me encontré con un antiguo compañero de trabajo. Un español cortador de jamón que trabajaba de camarero en mi restaurante.

—¿Tu restaurante?

—El restaurante donde trabajo, *irmaõ, ¡carajo!*

—¡Ah!

—Un buen tipo, pero un poco raro. Estaba como asustado, creyó que le iba robar, ja, ja, ja, *irmaõ*, ¡cuando vio que era yo! Ja, ja.

5

Carlos siguió su paseo diario en busca de un trabajo y Fi se dispuso a buscar a Marisa por todas las peluquerías del centro. Marisa era una peluquera de verdad, una de esas mujeres que tienen un abanico de recursos de conversación, un pedazo de tía con capacidades para entender a cualquier hombre. Le pareció recordar que Marisa había dicho que trabajaba cerca de Albion Street. En su descenso por Brigatte fue entrando, una por una, en todas las peluquerías, casi todas ellas franquicias. Los peluqueros interrumpían amablemente la charla con sus clientes cuando Filipe les preguntaba por una tal Marisa. Ni rastro. Llegó a la parte baja, giró a la derecha y divisó el cartel de una peluquería para señoras.

No le hizo falta entrar, unos metros antes vio a Marisa en la puerta, despidiéndose de una señora alta de pelo gris. La guapa mulata sacó un cigarro del bolsillo del guardapolvo y Filipe llegó a tiempo para darle fuego. Marisa esbozó una sonrisa sincera.

—Gracias, vaquero —dijo ella.

—Te olvidaste el teléfono en mi casa.

—Muy amable.

—¿No te he sorprendido?

—Sabía que me encontrarías...

—Estaba pensando que tal vez te apetecería ir esta tarde al teatro.

—Odio el teatro, ya te lo he dicho.

—Pero creo que todavía no me odias a mí.

—Si sigues aquí voy a empezar a odiarte. Tengo que trabajar.

—Acabas de encender un cigarro. Cualquier currante que sale a la calle a fumar tiene cinco minutos de cortesía.

—Te llamaré la semana que viene. Mis primos llegan mañana de Londres y me tendrán muy ocupada.

—Bueno, eso significa que tal vez te apetezca salir un rato esta noche. Un poco de aire antes de enfrentarse a los compromisos familiares siempre es de agradecer.

—No sé, Filipe, la verdad... ¿a qué hora empieza la función?

—Bastante tarde. A las nueve. No tienes excusa.

Marisa mostró su primer gesto de debilidad desde la noche anterior y Filipe no tardó en aprovecharlo.

—Toma una entrada. Si te apetece vas, y si no me llamas la semana que viene, ¿ok?

Un cielo cerrado y una mañana con todas las tareas completadas no invitaban a otra cosa que no fuera irse a casa. Filipe estaba cansado de la noche anterior. Un poco de marihuana le vendría bien para ver la tele en un estado de somnolencia que le condujese al sueño. Su camello de confianza, Nino, ya estaría operativo.

Nino era un hindú nacido en Gran Bretaña que, bajo su apariencia de tipo duro con coche tuneado, escondía un osito de peluche. Una noche se encontraron en el *Mint*, uno de los clubes más conocidos del centro de Leeds, y Nino le hizo probar el éxtasis líquido. El globazo fue tal que Fi perdió a sus amigos y hasta su orientación espacio-temporal. Cuando acabó la fiesta y el local se empezó a vaciar, se volvió a encontrar con Nino. También él estaba solo. Salieron a la calle y estuvieron hablando durante horas. *Feeling.* La química pura de la amistad flotaba entre sus bocas, dirigía sus palabras. Hacía mucho tiempo que Filipe era un cliente fiel, pero nunca había profundizado tanto con su camello. Nino le contó que un amor no correspondido le había llevado a un cambio radical, a una vida de peligros en la que nunca se encontraba satisfecho. Empezaron a encadenar sus palabras y, cuando Fi se quiso dar cuenta, también sus bocas. El éxtasis le llevaba. No era la primera vez que lo hacía, pero sí era la primera vez que lo hacía así, como si fuera con una chica, poco a poco. Fueron a casa de Fi e hicieron el amor. Cuando a Fi le bajó el pedo y se dio cuenta de la situación, se arrepintió de lo que había hecho y le pidió a Nino que se largara. Largas conversaciones telefónicas y algunas quedadas en lugares tranquilos sirvieron para arreglar la situación, el equívoco, el falso efecto de los alucinógenos. Pero Nino quedó prendado. Le regalaba marihuana, a veces pastillas, le proponía salir de fiesta. Filipe se sentía mal, no es que no sintiera nada por Nino, es que le producía repelús pensar en él como amante. Era su camello, un buen coleguita, y punto.

Filipe recapacitó y pensó que tal vez no era una buena idea llamar a Nino. Aunque hacía tiempo que no se veían, dudaba que se le hubiese pasado. La última vez lo notó muy afectado. Conocía a otro camello, un español llamado Jesús, pero también parecía estar enamorado de Fi. Nino le inspiraba más confianza, después de todo.

—Nino, ¿estás ya operativo? ¿Te importaría traerme un par?

Cinco minutos después el hindú británico estaba llamando a su puerta. Fi la abrió y el muchacho se abalanzó sobre él, intentando besarlo como si fuera una escena de película, de Bollywood. Montó su numerito a la desesperada. Creyó que Filipe era gay, que podía sentir algo por él; ¡pero si ni siquiera sentía nada por las mujeres con las que se acostaba! Filipe lo empujó y Nino cayó rodando hasta frenar con una mesa. Desde el suelo sacó un arma de su espalda y encañonó al mulato mientras se incorporaba.

—¡Bésame o te mato!

—Venga, Nino, tío, déjalo, estás enfermo... Esa no es la solución.

Nino dirigió el cañón hacia su propia cabeza e hizo ademán de apretar el gatillo.

—¡Que me suicido!

—No, tío, déjalo. ¡Mátame mejor a mí! O no... mejor tira el arma, tío. ¡Tira el puto arma, Nino, tío, joder!

Nino bajó el cañón, cayó al suelo de rodillas y rompió a llorar como una niña que se ha caído de la bicicleta. Una imagen patética para un tío en apariencia tan duro. Fi retiró con cuidado la pistola. No estaba cargada. Era una mascarada, una performance, un numerito que Nino había orquestado como último recurso. Por primera vez en mucho tiempo, Filipe se sintió mal, culpable por ver así a ese pobre despechado. Lo acompañó hasta el coche y lo dejó allí, llorando. Fue una imagen penosa.

Una bolsa de marihuana había caído en el suelo de su casa. Al menos le había salido bien la jugada. Si Nino tenía un poco de vergüenza no volvería a verlo. Si Fi tenía un poco de decencia no volvería a pillarle hierba a él. Era el momento de desenchufarse y dormir hasta la hora de la actuación.

6

Podríamos definir como teatro al arte de representar historias frente a una audiencia, usando para ello una combinación de discurso, gestos, escenografía, música y sonido. No hace falta ser muy listo para saber que nuestro comportamiento de cara a la sociedad es bastante teatral. Bastante cínico, para ser exactos. Y esa fue una de las primeras lecciones que aprendió Filipe. Por eso, cuando tuvo que elegir entre música e interpretación, no tuvo dudas. Se estaba convirtiendo en un gran actor de teatro. Pero su sueño seguía siendo el cine: Hollywood.

Se despertó de la siesta oyendo unos aplausos que provenían de su sueño. Llevaba varias horas dormido. El móvil estaba sonando. Fres Co, su amigo *discjockey*, estaba en la ciudad y reclamaba sus servicios para tomar unas pintas. Fi no podía decir que no pero tampoco quería salir de casa. Aún era pronto para empezar a prepararse, pero tal vez fuera tarde para salir. Actuar requiere de mucha concentración. Bajó a comprar unas birras al Tesco y ordenó un poco su hogar.

Fres Co era amigo de Bill Gainsborough, hijo de Richard Gainsborough, el famoso magnate. Este regentaba varias salas de la ciudad. Fres Co comenzó pinchando *funky* en algunos de los garitos más cutres de Gainsborough Jr, pero su persistencia, su empeño y su talento le llevaron a cortar la cuerda que le unía al que había sido su mentor, y emigró a Londres en busca de un futuro mejor. Poco a poco fue creciendo y actualmente es uno de los *deejeis* más cotizados del país.

—¿Éxito? —preguntó Fres Co mientras levantaba su lata de cerveza—. Me levanto a las seis y media de la mañana para meterme en el estudio. No tengo novia, apenas tengo vida social, hace años que no sé lo que es salir un fin de semana porque siempre trabajo. Hago lo que me gusta, pero no estoy seguro si hacerlo a este nivel compensa. Todo el mundo te dice: haz deporte, hacer deporte es saludable. Pero si practicas deporte de alta competición expones tu cuerpo a un riesgo mucho mayor del que causa no moverte del sofá, ¿me entiendes?

—Ahora te codeas con los buenos, ¿eh?

—¿Los buenos? Eso de los buenos es muy subjetivo, Algunos están ahí desde hace mucho y no han evolucionado un ápice. Ganan mucho dinero, se comportan como divas y andan rodeados de una comitiva de putitas y chupapollas, pero suelen ser imbéciles, no valen nada como personas. Los buenos de verdad suelen tener sus manías, pero son gente más normal, más honesta, más interesante y más discreta.

—Es cierto, en todas las artes lo bueno y malo depende muchas veces del juicio de los críticos ¿Y qué son los críticos? Artistas del No, creadores capados que solo alcanzan la fase de análisis a posteriori. Nunca podrían analizar algo que no estuviera hecho, crearlo. Por su culpa Van Gogh murió pobre, deprimido y sin vender un cuadro. Se consideraba un pintor de mierda. Hasta que a alguien se le encendió la lucecita y dijo: ¡Coño, este tío es un genio, nos ha descubierto un nuevo lenguaje pictórico!

—Y en Sotheby's se frotaban las manos.

—Ja, ja, ¡y que lo digas! ¡Menudo fraude es todo esto!

—Porque nunca funciona la lógica. Si eres bueno nadie te garantiza tener un sitio, si buscas las vías del fraude comercial, de trabajar sobre los patrones que sabes que venden, aun traicionándote a ti mismo, tendrás unos años de gloria... pero no la eternidad.

—Sabias palabras, amigo. Me vas a disculpar, pero he de dejarte. Necesito ducharme y empezar a prepararme para la función.

—Sí, yo también tengo que irme. Le prometí a mi padre que lo pasaría a ver por el centro de mayores de LS6, en Headingley.

—Saluda al viejo John de mi parte y cuídate mucho, Fres Co —le dijo Filipe mientras se fundían en un abrazo.

Preparó sus cremas y comenzó a recitar los textos del guión mientras se aplicaba el embellecedor. No se había vuelto a acordar de ella, pero al mirar su habitación desde el baño y ver la cama vacía, recordó a Marisa. Odiaba la incertidumbre. No sabía si ella iba a estar en la función. Es posible que no lo supiese hasta dentro de una semana, si es que se decidía a llamarle, pero él quería hacer su mejor papel, el más honesto, quería rellenar el perfil del personaje con parte de su espíritu, de su energía vital. Marisa, definitivamente, podría ser una inversión de futuro. Y Filipe estaba dispuesto a cambiar, a soltar el lastre del miedo, dejar atrás su coraza y atreverse a amar. Porque todo el amor que había tapado herméticamente en el fondo de su corazón, no había perdido ni un gramo de peso, seguía intacto, esperando el momento de salir, de entregarse. Sin duda, esta era su oportunidad. Sobre todo porque nunca antes se había propuesto hacerlo.

7

A pesar de que había dormido una siesta de más tres horas, el día había sido intenso y se notaba cansado. Astenia primaveral. Filipe salió de la ducha, se atusó, se vistió, cogió su maleta, recitó por última vez la parte más dramática del texto y pidió un taxi. Durante el trayecto le dio por pensar. Se sentía inspirado por una canción de The Killers que resonaba en su cabeza: *All these things that I've done*. Notaba el ritmo, sus ojos eran una pantalla de cine, una imagen en *travelling* que narraba el documental de su vida. Desde Luanda hasta una Gran Bretaña que empezaba a establecer el plan de valetudo. Su éxito iba en paralelo al del Neoliberalismo. Su fracaso también.

¿Cuántos años durará?, pensó Filipe para sí antes de entrar. El *West Yorkshire Playhouse* era un edificio de reciente construcción. Los teatros clásicos persisten en el tiempo, pero lo edificios modernos, como las teles, como los ordenadores, están hechos para fallar en un plazo determinado. Obsolescencia programada. De otro modo, no renovaríamos el consumo.

Leo de Pisa, Leo Carragher, el acomodador, el hombre Google, la persona que más sabe de todo, estaba sentado en el mostrador de entrada.

—¡Mucha mierda!

—Prefiero mucha suerte, Leo. Mierda ya hay mucha... y yo no soy supersticioso.

—No creo que por decir mucha suerte vaya a explotar el teatro, ji, ji.

—Voy a cambiarme, hoy puede ser mi día, Leo. Viene a verme una muchachita que...

—Anda, anda, que siempre vienes igual...

A pesar de las cartucheras caídas, muy propio de las españolas, su culo prieto siempre le había atraído. Filipe tuvo buenos momentos con su compañera de reparto, pero se le pasó pronto, en cuanto otra mujer se cruzó en su vida. Observó su espalda perfecta. Tenía tendencia a engordar pero no se puede decir que fuera gorda, solo rellenita. Lo miró mal, como de costumbre, intentando desestabilizarlo antes de la función. Ella era consciente de que tenía que convivir con ese amor no correspondido. Le hubiera gustado abandonar la obra, pero no podía. Atravesarlo con la mirada era el único recurso que le quedaba. Filipe lo sabía y hacía caso omiso.

Beyoncé, cuya foto decoraba su taquilla, le recibió con la misma sonrisa de siempre. Así da gusto. A veces le parecía que hasta le hablaba en susurros. Abrió la taquilla y penetró dentro de ella, ahora sí que podía oírla, le hablaba, le silbaba, le decía palabras secretas que solo él entendía. Parecía que el mundo estaba a punto de explotar en su interior. La locura se había instalado en su vida y ya no sabía distinguir la realidad de la ficción, ya no sabía cómo soportar la presión de las relaciones, cómo relajarse y vivir tranquilo junto a alguien que mereciese la pena.

Marisa y lo que Fi creía sentir por ella, eran lo único que podían devolverle a la realidad. Y la realidad le decía que Beyoncé no le hablaba porque era un póster, una fotografía sin más, que el pitido que oía parecía provenir de una tubería, de algún aparato, de una fuga de gas.

Se dirigió a maquillaje y comenzó los ejercicios respiratorios que precedían a todas sus interpretaciones. Aún no era su turno. Esperó entre bastidores. Pero era un lugar que le ponía nervioso, prefería no ver nada, prefería refugiarse de la escena y salir a ciegas, sin posibilidad de anticipar. Se abrió el telón y Filipe puso rumbo a los camerinos.

LS5

1

—¿Quién ha tenido la culpa de la crisis? —me pregunta Benjamin de manera retórica—. George Bush, los bancos, los gobiernos, los consumidores... No, amigo Ramtin, el máximo responsable ha sido Alan Greenspan. La culpa es de los organismos reguladores. Porque el mercado contaba con unos organismos de control y regulación que no han funcionado a tiempo. Los bancos centrales, El SEC, el FED. El mercado falla porque depende del hombre. La labor de los reguladores es corregir esas malformaciones antes de que sea tarde. Muchos fueron los avisos sobre la irresponsabilidad que suponía la financiación de las hipotecas basura, pero la agencia de Madoff siguió operando. Bill Clinton, con el cuento de «una casa para todos», fue el promotor de las *subprimes*. Bien es cierto que la administración Bush dejó que el cuento llegase a su final, pero no se puede echar siempre la culpa a los republicanos...

—La culpa es de los chinos —intervengo un poco enfadado con las tesis siempre dogmáticas de Benjamin—, que prestaban el dinero a los americanos a pesar de los pocos réditos que conseguían. Así el yuan se mantenía estable y el dólar alto, con lo cual su país podía seguir produciendo a precios competitivos. Fueron muchas las predicciones sobre el concurso de China en la economía global. Es un gigante que puede desestabilizar cualquier imperio.

—Tienes razón —dice Benjamin ante mi sorpresa—. China y Estados Unidos han hecho estallar el mundo al beneficiarse de toda la economía global.

—Eso es. El neoliberalismo ha hecho el resto.

—Por tanto, quienes han fallado han sido los políticos.

—Como siempre.

—Y Europa se ha visto arrastrada por las aguas turbulentas que venían del otro lado del Atlántico. Y hemos caído todos. Era un sistema muy arriesgado. Reagan pretendía que todos fueran ricos, y, obviamente, el mundo no tiene recursos suficientes para ello. De hecho, cuando la clase media china entre en juego, espero que la informática ya haya sustituido a la naturaleza, de otro modo, un conflicto mundial se avecina.

—Lo habrá. Hay cosas que nunca cambian...

—¿Cómo qué?

—¿Cómo qué? —suspira Benjamin—, Israel lleva años en un conflicto sin solución y todo sigue igual...

—La que no sigue igual es Palestina que cada vez tiene menos tierra y más cadáveres.

—Bueno, dejemos el tema, ya sabes que tú y yo no debemos hablar de eso... Además, me tengo que ir al club de lectura de Morley.

Benjamin es un judío del barrio. Es de los pocos que habitan en LS6, un barrio con predominio árabe. La mayor parte de los judíos vive en Morley, donde hay una gran colonia. Pero Benjamin detesta algunas cosas de su pueblo y prefiere LS6, el lugar más cosmopolita de la ciudad. Es un tipo inteligente con quien entablo agradables charlas mañaneras en la tetería, pero es demasiado presuntuoso y algo manipulador. Más de diez minutos con él le acercan a uno a la zona peligrosa. Dice que

LS6 es el distrito con mejor pulsión. Y, la verdad, esta tetería, de nombre homónimo, es un lugar donde se respiran buenas vibraciones. Será por eso que, a pesar de Benjamin, siempre vengo aquí.

Son las ocho y media de la mañana del primer día de la primavera y el cielo no ha perdido su hostilidad habitual. Abro mi carpeta y saco las últimas notas. Un par de ideas acuden a mi mente con las primeras gotas de lluvia. Abandono la terraza para sentarme en el interior del bar, saco mi libreta de notas amarilla y realizo las anotaciones pertinentes. El plan ya está trazado. Ahora tengo mi novela estructurada, tan solo hay que rellenarla con una acción, con el perfil de los personajes, con descripciones de la ciudad, con una trama y con un final que aún no tengo claro.

Por primera vez en mi vida creo estar seguro de haber escrito una buena obra. Pero hasta un rato más tarde no podré saber si también exitosa. He quedado con un editor. El sueño de toda una vida más cerca que nunca, solo pendiente de que un tío gordo con bigote y peluquín me dé su criterio subjetivo y eminentemente comercial. Así funciona esto de la literatura. Me gustaría abrir una editorial que publicase todas las obras de calidad que han sido rechazadas por los editores a lo largo de la historia. Tendría el mejor catálogo del mundo. Perder una joya literaria no tiene mucha más importancia que perder mil libras. Y así va la industria; con más copistas que escritores, con más negros que en Chapeltown.

Soy de piel oscura, tengo bigote, me gusta andar en chanclas y trabajo de negro. Negro literario. Es un gran empleo. El año pasado escribí cuatro novelas, una de ellas para una muy exitosa escritora, y mis dividendos ascendieron a más de veinte mil libras. Pero me siento infravalorado, mis ideas nunca ven la luz como yo las planteo, pierden su significado. Tras mucho luchar estoy cerca de publicar mi primera obra. Esta tarde

tengo una cita con un editor independiente que ha mostrado
interés por mi manuscrito. Aprovechando el momento, inten-
taré venderle una nueva idea, cuyos apuntes descansan en mi
libreta amarilla.

2

Ser kurdo significa pertenecer a una minoría étnica. Da igual dónde estés, en mi país, Irán, pertenecía a un minoritario grupo que representa el 10% de la población. Con la caída del Sha y la llegada de la republica islamista contraria a los Estados Unidos, creí que nuestra era había llegado. Pero fanatismo y dinero seguían en buena sintonía. La maquinaria belicista de los países ricos es demasiado cara como para dejarla oxidar. La guerra entre Irán e Irak me obligó a desplazarme. Fronteras, controles, caminos de piedra y polvo. Esas son las señas de mi época nómada, de la que solo esperaba una nueva revolución neolítica que me convirtiese en sedentario. Y así acabé en Turquía, el peor sitio para un kurdo. No obstante, significó mi entrada a Europa, mi entrada en Gran Bretaña como refugiado. Aquí me he sentido a gusto, he podido llevar una vida, desarrollarme personal y profesionalmente, ser libre. Puedo decir que tengo la vida hecha. Mi única ilusión personal se reduce a la publicación del primer libro firmado por mí. No es ego, es un sentido de justicia en el que evalúo mi camino y pienso que, aunque la vida me ha tratado mejor que a muchos de los de mi etnia, aún merezco la rúbrica de este premio.

Antes de llegar aquí pasé una temporada en Francia con unos familiares. Vivíamos en un gueto a las afueras de París. La vida no era como aquí, allí el gueto es un círculo del que no debes salir. Ellos te dan la protección y las aspiraciones. No hay nada más allá. En Gran Bretaña es distinto. No hay guetos, sino barrios. Aquí me han formado para serles útil. Durante cinco años he acudido a clases de inglés gratuitas (que no solo conciernen al lenguaje sino también a la cultura sajona) y he conseguido el título ESOL (*English skills for life*). El centro donde he cursado estudios, el Park Lane College, de Headingley, más que un colegio era un centro social. Los alumnos, de mayoría árabe, desayunábamos juntos y hacíamos quedadas y jornadas de convivencia. La labor de los profesores no se reducía a la mera enseñanza, sino a una labor de integración. Aunque el alumnado era de mayoría oriental, hemos conocido las culturas de otros alumnos: polacos, checos, españoles, italianos... Mi experiencia en Leeds no puede ser más gratificante.

Abandono la tetería y me dirijo a impartir un taller de literatura en un centro para mayores de Headingley. A todo el mundo le gusta escribir sus cosas, sus reflexiones, sus pensamientos. Pero poca gente conoce la técnica literaria, principalmente porque los hábitos de lectura se suelen reducir, en muchos casos, a leer titulares de los periódicos. Ha dejado de llover, pero el cielo no quiere abrirse a la primavera.

Les propongo un tema sobre el que escribir. El curso está avanzado y pretendo que sean capaces de narrar conceptos más elevados que la pura banalidad. Les mando hacer un artículo sobre la casualidad. Les pregunto si creen que las cosas tienen una razón de ser. La mayoría opina que sí, que las dictamina Dios. Pero uno de los hombres, un anciano con principio de Alzheimer que se pasa el día en los jardines, me sorprende. Me dice que él no cree en dioses, que, en su opinión, el universo obedece a unas fórmulas matemáticas que desconocemos. Dice que no se sorprendería si viese un dinosaurio en el jardín porque todo sucede por una razón. Me cuenta que la vida le ha tratado muy mal y que solo pide que a su único hijo le vaya mejor. Es pinchadiscos de éxito.

Cambio el tema de la semana y les propongo que me hablen de las compensaciones del destino. Historias que conozcan sobre gente cuya vida ha pegado un giro cuando menos lo esperaban. Murmullos y alguna protesta son la antesala a mi despedida. El taller ha finalizado por esta semana.

Headingley Lane me recibe con un manto gris de tristeza. Es casi mediodía y mi estómago pide comida. Mi voluntad exige un poco de hedonismo *thai*. Decido acudir al Taj Mal y pagar el menú del día, tienen fideos picantes. Siempre tienen fideos, pero pocas veces pican.

<h1 style="text-align:center">3</h1>

Dedicar demasiado tiempo a una actividad exige a cambio un precio muy alto. Yo me dedico a pensar por los demás, y eso se paga. Tengo que vivir aislado, en mi mundo. No soy polígamo ni monógamo, no necesito mujeres a mi alrededor. De vez en cuando acudo a la masturbación y alguna vez, en épocas de relajamiento espiritual, he accedido a pagar por la compañía de alguna señorita que me haga alcanzar el orgasmo. Lo malo de alcanzar el todo es que después, al perderlo, parece llegar la nada. Por eso intento mantenerme alejado de los caprichos del cuerpo. Los fideos picantes han sido un aviso. No soy capaz de digerirlos. Acudo a casa a por bicarbonato para mi estómago y me tumbo un rato. Lo bueno de ser escritor es la libertad de horarios. Yo prefiero trabajar de noche. A las seis tengo una de las citas más importantes de mi vida.

Para mí, dentro de unas horas, el mundo estará parado, todo girará en torno a mi novela, a mi éxito personal. Me desprenderé de lo colectivo para aferrarme al ego. Sé que no está bien, pero me apetece hacerlo, me lo merezco igual que me merecía los fideos picantes que ahora empiezo a digerir.

Cápsulas. El universo está formado de cápsulas que envuelven a otras. Y así hasta el infinito. Mi conciencia es una cápsula pequeña metida dentro de muchas otras: LS6, Leeds, Yorkshire, Inglaterra, Europa, el mundo, el sistema solar... Pero no solo eso, las cápsulas que no envuelven a otras conviven tangencialmente, pudiendo absorberse entre ellas. En la mía, la que está dentro de LS6, puedo verme envuelto en otras cápsulas, como en la de Benjamin, por ejemplo, en el momento en que me inmiscuya en sus problemas, en su historia, en su pensamiento, en su voluntad. Por eso el ego es ridículo, porque no es más que una cápsula perdida entre muchos miles de millones. Podría hacer una obra universal y creerme un genio. Pero sería estúpido, esta tendría autonomía propia, entidad suficiente como para ser una cápsula que interactuara con las de los lectores sin mi mediación. Todo está relacionado con todo articulando un todo aún mayor. Como el sistema nervioso, que utiliza todos sus transmisores para repercutir en el comportamiento del individuo. El mundo es complejo y pensar en él es difícil. Pero es lo que más me gusta.

Me desplazo andando hasta el centro de la ciudad donde, en uno de los edificios de oficinas, me espera el editor. Se llama Richardson, pero para mí es el editor, con minúscula. Una relación comercial más, como la que tengo con la cajera del *Coop* o con la del *Bank of Scotland*. Los editores están acostumbrados a tener la sartén por el mango, son conscientes de que para mucha gente, publicar un libro es el fin de sus vidas. Las editoriales seguirán teniendo el control mientras se sigan dando casos de A.A.F. Es decir, autores auto-financiados. El orgullo de la mayoría evita la explosión de este sistema, pero con el establecimiento de un filtro mínimo de calidad y una buena distribución, este último recurso podría convertirse en la mayor arma de destrucción de editoriales comerciales.

Llamo al timbre del portal, aclaro mi garganta, me meso el cabello y empujo la puerta. En el ascensor vuelvo a carraspear y, cuando la puerta se abre, un tipo gordo, con peluquín engominado y sin bigote, me recibe con su mano en alto. Le estrecho la mano, le miro a los ojos y veo el reflejo de los gemelos en su cara. Me acompaña dentro con cortesía, haciendo gala de una elegante flema británica. Este me quiere vender algo, me digo. Ni siquiera J.K. Rowling recibiría tanto agasajo.

—Sabe, señor Ramtin, yo también fui negro durante algún tiempo —dice reclinándose hacia atrás en el asiento—. Es una buena escuela. Además de estar bien pagado, claro... Pero hay que ir poco a poco, Ramtin, no se puede pasar del negro al blanco como Michael Jackson. ¿Me entiende?

—Sí, claro que le entiendo. Usted argumenta en números y yo en letras. Pero le entiendo.

—Esto es una empresa, señor Ramtin, no se trata de una asociación cultural sin ánimo de lucro. No podemos perder dinero —dice mientras suena el teléfono—. Disculpe, tengo una llamada. Será solo un instante.

Cinco minutos después el instante continúa. El editor repite las mismas frases constantemente. El rapapolvo que el interlocutor se lleva no parece nada agradable. Está claro que el editor es el jefe, sus gemelos se aseguran de dejarlo claro, el tono seco y agresivo de su voz también. Cuando parece que va a colgar, retoma la bronca y la charla se alarga. Me sumo en mis pensamientos: hago cálculos y cábalas.

—Yo entiendo lo que dice —le digo una vez que ha colgado—, por eso no vengo con intención de que me publique corriendo usted con los gastos.

—Claro —me interrumpe—, veo que entiende que no podemos invertir en un autor kurdo sin currículo, las ventas de un refugiado iraní en Inglaterra serían paupérrimas.

—Bueno, no tiene porque ser así. Mire Azar Nafisi.

—Pero es distinto, trata un tema social. Lo suyo es un ensayo filosófico con forma de novela, señor Ramtin, no venderíamos más de doscientos ejemplares.

La secretaria entra en el despacho e interrumpe la conversación. Le pide al editor que salga; un distribuidor está fuera y pretende hablar con él de manera urgente. Me pide disculpas y me mentalizo para aguantar otros diez o quince minutos, para ensayar lo que vendrá después, para detallarme a mí mismo mi propuesta alternativa.

4

Veinte minutos. El resultado de la charla con el distribuidor se traduce para mí en una secuencia temporal de veinte minutos de enfado, rabia, furia y hasta un asomo de mi instinto asesino. Deseo matar a ese capullo, pero tirar el trabajo de tantos años por la borda es un placer que el editor no merece recibir. Pongo buena cara y vuelvo a aceptar sus disculpas.

—¡Vaya día que llevo! —dice suspirando—. Bueno, como le iba diciendo, no podemos ofrecerle más que la opción de auto-financiarse.

—Verá, ya contaba con eso. Pero me gustaría proponerle otra opción.

—Adelante —dice consciente de que no la aceptará.

—Yo le garantizo que la primera edición, de mil ejemplares, se vende. A través de mis contactos en librerías, los talleres que imparto y los clubes de lectura, podríamos vender mil ejemplares sin problema. En caso de no alcanzar esta cifra me comprometo a pagarle la diferencia, lo que quede sin vender, en un plazo de seis meses.

—Aunque usted me lo pagara y las ganancias fueran solo para mí, el dinero ya estaría perdido. Aquí jugamos a invertir, para recuperar mínimo el doble. El tiempo le hace daño al dinero, cuando este no se mueve solo puede decrecer. Son lecciones básicas de economía, señor Ramtin. Solo puedo ofrecerle la auto-financiación.

—De acuerdo, venía preparado para aceptar, sabía que iba a ser inflexible en sus planteamientos y había pensado arriesgarme, invertir mi propio dinero. Occidente es así. Pero entre ustedes, de una u otra manera, también funciona el truque.

—Dispare, señor Ramtin, no se ande tanto por las ramas...

—Me deja usted sorprendido, ¡parece mentira que eso lo diga un británico!

Confirma mi exclamación con una sonrisa cínica que me invita a continuar.

—Como le decía, me gustaría que se comprometiese a correr con los gastos de mi próxima obra en caso de que esta tengo éxito.

—¿Qué entiende usted por éxito?

—Éxito es la realización feliz de una empresa o negocio, pero me estoy refiriendo a un éxito comercial: a que la obra le aporte dividendos. Por otra parte yo no busco el mismo éxito que usted porque, parafraseando a Víctor Hugo, el éxito es una cosa bastante repugnante, ya que su falsa semejanza con el mérito engaña a los hombres.

—¿Y usted cree que ha hecho méritos?

—Sí.

—Bien. ¿Y de qué trata esa obra que tiene en mente?

—Como le decía antes, occidente es así. Aquí, en occidente, todo funciona igual, aquí no se explican las cosas, no se busca la experiencia. Todo es aleatorio, se abandona al hombre a su suerte y sobrevivir es el único fin que queda. Se vive en un estrato del intelecto muy bajo, donde predominan las pasiones. Por eso es el lugar perfecto para implantar el Plan.

—¿Qué plan?

—El de la libertad aparente. Da la sensación de que vivimos en libertad. Y, comparado con otras latitudes terrestres, así es. Pero, en realidad, estamos más controlados que en cualquier otro lugar. Porque en occidente se piensa muy poco. Se piensa de manera sesgada, sin buscar la compresión, sin experimentar. Mire a su alrededor, cada paso que damos está grabado en una cámara de seguridad de la *CCTV*, sus datos personales, parte de su vida, está registrada en la Red, en grandes bases de datos, su teléfono es acribillado por llamadas de comerciales que intentan venderle su producto, la puerta de su casa también. Es el lugar idóneo para el control de la mente. Convertir a un ser primitivo en consumista es una alarde de manipulación. La publicidad es un lavado de cerebro. Al final todos caemos. El Plan pretende que unas cuantas personas poderosas controlen el mundo a través del dinero. La informática es el arma perfecta para su desarrollo. Pero la avaricia humana ha abierto una grieta en el sistema, ha encendido las alarmas ciudadanas poniendo a los mentirosos contra las cuerdas. Se piden nacionalizaciones y proteccionismo, se pide un cambio mientas se grita el lema de Obama: *Yes, we can.* Sí, podemos cambiar el mundo porque nos hemos dado cuenta de que nos han engañado. Pero Obama es un hombre poderoso y, como tal, está obligado a mentir. Va a reformar el sistema interviniendo más en él, pero solo a través de la regulación, el dinero está por encima de él y hasta por encima de Dios. La crisis mundial ha significado la explosión del mundo moderno y los que hemos sobrevivido tenemos la misión de transmitir las verdades descubiertas. Todo el mundo debe saber que hay un Plan que rige todo y que nuestra misión como ciudadanos es hacer que se vuelva transparente. Ya que no podemos cambiarlo, al menos deberíamos poder controlarlo democráticamente.

—Perdón, me estoy perdiendo. Habla usted del Plan de occidente, pero sabrá que gran parte del comercio global está dominado por China y que parte de la culpa de la caída del sistema la han tenido ellos.

—Ellos son más sabios que los americanos. Es una cultura mucho más antigua. Conviven con la naturaleza de una manera mucho más arcaica y menos exigente que los poco ahorradores yanquis. Pero, según mi tesis, todo parte de la religión. El Plan solo puede establecerse en occidente, donde la gente está más ciega ante lo desconocido. El cristianismo dice: creced y multiplicaos. Una manera de crear masas borreguiles que se peleen por los recursos y que acudan a la desesperación. Alguien desesperado es capaz de creer en cualquier cosa. En general, la religión cristiana y toda la filosofía occidental plantea las cuestiones trascendentales sin explicarlas. El budismo, por ejemplo, busca la experiencia, usa la práctica.

—Creo que ahora no le estoy entendiendo.

—Rezar de rodillas en una iglesia es un ejercicio espiritual vacuo. El fiel nunca sabe bien a qué o para quién está rezando, no sabe cómo comunicarse con la divinidad, no es capaz de sentirla, puesto que no la está experimentando. En cambio, el yoga es un ejercicio espiritual que hace que Dios sea algo más que un icono con barba y un triangulo en la cabeza. El yoga es un medio para conocer en vez de creer. El misticismo es lo que queda cuando se acaba la ciencia.

—Mm, si le soy sincero me parece bastante interesante, pero ¿cómo pretende contar todo eso?

—Pues verá...

¡Ringgg! El sonido del teléfono nos interrumpe otra vez. Ahora entiendo por qué los hombres de negocios no tienen amigos y solo hacen vida social con gente como ellos.

5

A diferencia de las anteriores ocasiones, y para mi sorpresa, Richardson le grita al interlocutor que está ocupado y cuelga. Parece que mi tema le está interesando de verdad.

—Continúe, Ramtin, dígame cómo pretende narrar todo eso.

—Si partimos de la base de que todo es un círculo eterno, sin principio ni fin, y que todo se repite cíclicamente, podemos estructurar la novela desde los mundos interiores de varios personajes para que confluyan en el mismo punto, en la llamada de la muerte. Una explosión en un edificio público se lleva a unos y deja a otros, sustituyendo las cápsulas antiguas por las nuevas, engordando estas en su maraña de interrelaciones en las que todo depende del todo. Como en nuestro organismo, como en la naturaleza, como en el sistema económico y financiero. Este es el mundo de hoy, igual que el de ayer pero más complejo, más evolucionado y a la espera de que llegue la Edad de Informática.

—Me deja usted anonadado.

—¿Acepta?

—Bien, Ramtin... voy a aceptar. Fináncese la obra usted mismo y con que sus ventas cubran los gastos me comprometo a pagarle esta otra de la que me habla. Por cierto ¿tiene título?

—No, no está escrita aún. De momento todo está en esta libreta amarilla.

—Pues tenga cuidado. No la pierda.

—Estaba pensando ponerle *LS6*.

—¿Una obra tan compleja y la va a llamar como un distrito de esta apestosa ciudad?

—LS6 también puede referirse a los motores que fabrica General Motors o un tipo de ultraligero. Puede parecer una variante del ácido lisérgico, LSD, o las siglas de cualquier otra cosa. LS6 es un mundo y cada día que pasa es un mundo en sí mismo, con todo lo que ocurre en él. Precisamente por eso, por ser algo tan complejo, puede encajar en cualquier título.

El editor levanta su redondez corporal de la silla y estira el brazo para estrecharme la mano.

—Muy bien, señor Ramtin, mi enhorabuena. Le llamaré cuanto antes para enviarle el contrato y le haré saber a cuánto asciende la factura. Si tiene alguna duda no dude en ponerse en contacto conmigo.

—De acuerdo, gracias por escucharme.

—De nada, señor Ramtin. Por cierto, ¿qué va a hacer usted ahora?

—¿Ahora? Nada, es tarde, no pensaba hacer nada.

—En una de las llamadas que han interrumpido la conversación mi mujer me ha dicho que no podemos ir al teatro, como habíamos planeado. Mi hija pequeña está con fiebre. Podríamos darle una pastilla e ir, pero, en fin... ellas mandan. Me sobran dos entradas, ¿las quiere?

Para mí el día está finalizado tras esta fructífera charla. Pero me encanta el teatro y hace tiempo que deseaba ver una obra moderna, algo contemporáneo, como *La muerte de Margaret Thatcher*. La función es en el *Playhouse*, a más de una milla de aquí. Pero aún tengo tiempo de ir andando. Me encanta caminar. Andar es la mejor manera de meditar. El problema del intelectualismo occidental es que es «de sofá». Los pensadores escriben desde la burbuja de su asiento, sin experimentar, sin utilizar el cerebro al mismo tiempo que los músculos. Pensar mientras estimulamos nuestra capacidad motriz aumenta el potencial de la mente. De manera imaginaria, voy llenando las páginas de mi nueva novela mientras camino. Se me ocurre una frase original, paro y la anoto en la libreta amarilla. La guardo en el bolso de la camisa y prosigo mi marcha a paso ligero.

El cielo parece conceder una tregua definitiva al día inaugural de la primavera y los exteriores del *West Yorkshire Playhouse* de Leeds rebosan vida. Hay un puesto ambulante que oferta ropa de saldo, un *stand* de perritos calientes, un hombre que vende globos, parejas agarradas del brazo, trabajadores recién salidos de la tarea, japoneses con cámaras. La función va a comenzar, los últimos espectadores están entrando. Una vez en el *hall* me coloco en la cola. Soy el último. Cuando entro al patio, ya se han apagado las luces y el acomodador, un tipo alto con barba, me acompaña hasta mi sitio, en una de las primeras filas. Alumbra la butaca vacía con la linterna y me dice:

—¡Que disfrute!

Leo Carragher. Leeds, abril de 2009

Agradecimientos

Tomás Crespo, Agus Alonso, Pablo Crespo, Mirian Gómez, Fulgencio Alonso, Ángela Fernández, Julio Gómez, María Esther Reinoso, Antonio García, Óscar Croma, José Ángel Barrueco, David Refoyo, Leticia Correas, David González, Vicente Muñoz Álvarez, Esteban Gutiérrez Gómez.